若然者·猛人

水意云心 ◎ 著

团结出版社

图书在版编目（CIP）数据

若然者·猛人／水意云心著. －－北京：团结出版
社，2019.8
ISBN 978－7－5126－7179－9

Ⅰ.①若… Ⅱ.①水… Ⅲ.①故事－作品集－中国－
当代 Ⅳ.①I247.81

中国版本图书馆 CIP 数据核字（2019）第 126404 号

出　　版：团结出版社
　　　　　（北京市东城区东皇城根南街 84 号　邮编：100006）
电　　话：(010) 65228880　65244790
网　　址：http：//www.tjpress.com
E－mail：65244790@163.com
经　　销：全国新华书店
印　　刷：朗翔印刷（天津）有限公司
装　　订：朗翔印刷（天津）有限公司

开　　本：145×210mm　32 开
印　　张：9.5
字　　数：210 千字
版　　次：2020 年 1 月　第 1 版
印　　次：2020 年 1 月　第 1 次印刷

ISBN：978－7－5126－7179－9
定　　价：38.00 元

自　序

　　《若然者·猛人》是《生活禅·猛人》的姊妹篇，还是讲一些故事给你听。故事的内容不一样，讲述的方式是相似的。写这样一本毫无新意的书，用了差不多四年的业余的时间。

　　一项技能也好、一类知识也好，与"学"沾边，就让人感到高深莫测。玄学是这样，文学也是这样。对一个没受过正规训练的业余写作者来说，更是这样。面对玄妙的文学，仍以不甚恭敬的态度，厚着脸皮来唠叨猛人的故事，关键是头皮硬，更关键的是因为吹下的"牛皮"。

　　"牛皮"在十年前的夏日吹就。是日，台风即将过境，天空澄碧如玻璃，纯净似秋水。又有白棉花一样的云朵点缀在天际，如群山、似鸟兽。放眼望去，童话中世界不过如此。小酌之后，几位朋友或躺或坐，脆皮红壤黑籽西瓜摆在当中，冷水浸透，清新之气，直奔囟门。是时，树叶纹丝不动，蝉鸣若有若无，景物大异往常，不觉叹时日匆匆，光阴易老，满肚皮不合时宜。遽转话题，漫谈世间趣事，以避抑郁无聊。所谈之人，亦幻亦真。所谈之事，亦庄亦谐。虽不能笑出六块腹肌，亦足莞尔。

　　遂慨然自任，与朋友击掌为誓，十五年为期，编纂小故事三册，聚沙成塔，挠挠国人的"痒痒肉"。今三者成其二，翻看文稿，汗流涔涔，不仅惭愧"铁肩担道义"的古训，更有"画虎不成反类犬"

的尴尬。聊以自慰者，不过是吹过的"牛皮"，没有随风而逝。由此，亦可见朋友是个好东西。天时地利人和，机缘不一，他们不一定能标识同类人可以达到的高度，却绝对可以成为抽打着、让你努力奔跑的鞭子。

"嬉笑怒骂皆成文章"。这说的是大师们的风采。芸芸众生，恒河沙数，自己肯定没有大师的凌云健笔意，也少嬉笑怒骂的气概，更无拿起手术刀解剖内心、反躬自省的勇气。长河万里，川流不息，拐弯处涛卷云飞，激流处汹涌澎湃；金龙九转，万源归流，少不得泥沙俱下，多得是鱼龙混杂。那些慷慨激昂，那些热血沸腾，那些暗流与浮沫，那些喧嚣与热闹，是值得大书特书的。但这样的重量，确实不是这本薄薄的册子所能承载的，更不是一个普通所能驾驭的。退一步想，身边的日子，今天和昨天差不多，明天也该和今天差不多。事实上，对众多人来说，无风无火的日子就是好日子。这样退而求其次，就轻松多了，把有趣当成题材取舍的标准，大河奔涌，也可以采撷几朵浪花，浮光掠影，给时代留下一点点剪影，聊以记录篝火边的狂欢、月夜下的歌唱、夕阳中的长街、沐着雨的青莲、斜蠹着的丁香，还有静待触摸的古琴和摇曳待剪的红烛……

浮世千载，万物情深。如若有缘，惟愿这些剪影，能成为一把钥匙，打开昨日的门扉，寻觅尘封的往事，说说老去的风景，刹那一笑，在快节奏的时代，缓一缓追赶的脚步，匀一匀喘息的节奏。也许我们无须太着急，也许人生压根没有起跑线、没有发令枪，就像没有统一的终点线一样。

而我，只想说个故事给你听。

如此甚幸。

目　录

画事儿四题

大　雅

朋友某,少喜涂鸦。课堂之上描摹人物,再加王二蛋、张三狗之类绰号,时有同学怒骂,乃至厮打。幸所遇老师皆开明,认为虽是"画个圆圈诅咒你"之类,然亦有形似、神似之处,颇可观瞻。故求学多年,虽未获鼓励,亦未被禁绝。高考落第,复读二年,依然名落孙山之外。

房地产业初兴,某从己所好,从业装潢行当。十年光景,居然有成。而立之年,工作有闲,腰有余钱,无大消费处,唯日日买醉而已。众人劝其重拾幼时嗜好,然,缺少基础功底,又少临摹历练时间,乃遍寻高人指点,缴纳不菲学费,拜大师门下。大师仅与之密谈片刻功夫,出而大悟。自是左手计算器,右手巨笔,专攻大写意,只画焦墨荷叶,主题为"清莲"。每言得名师真传,更兼布鞋唐装光头,俨然道法自然。数年功夫,各类传媒广泛报道,润格颇高,众以家悬其手迹为幸。

猛人与某素为"发小",知其"漫画"功夫,然不知何以独擅荷叶。多方求证,某秘而不宣。一日,猛人携烈酒若干,至某家做竟日长饮。酩酊之后,某驱赶猛人再三,猛人不去。某乃长揖恳求,言道画癖突发,人前作画不便,云云。

出门后,猛人突发奇想,蹑手蹑脚再入。见某调浓墨于盆,展大宣纸于地,又焚香三支,双手合十,嚅嗫数语,语毕,解除上衣,脱除长裤。猛人暗自点头:"果然魏晋之风。"不意,又见某去除内裤,赤条条立房中。猛人赫然一惊,急以双手遮眼,再从指缝偷窥。恰见某浸臀于墨,忽行几步,连坐宣纸之上,居然团团有形。猛人不觉惊呼,某闻声而颓,自是不复有作。

大 作

乱世银米,盛世收藏。全面小康说到也就到了,家中无一幅两幅字画都不好意思说是"诗书继世"。猛人随大流也喜欢上了收藏字画,受荷包所限,搜罗来的"白画"居多,偶尔出资,也是瞄着浓墨重彩、篇幅巨大的出手。无他,一样的钱买大的,大概总不会吃亏。

画家某,素与猛人善。游学京师多年,名气渐盛,返乡日程渐稀。猛人问缘由,答:事务繁忙,不堪笔墨之债。猛人深表理解。

一日,画家悄然返乡,猛人设家宴款待,酒酣处,说不尽的深情厚谊。猛人忽然提出,求手迹一幅,画家慨然允诺。猛人又提出篇幅要大，要有人物，要有天空，要有代表性风物，画家一一应允，说："多年交情，尽可放心，有多大画布，做多大画。"猛人喜，夜阑人散，猛人邀其击掌为誓。

次日清晨，猛人至酒店，携绢一匹，轻叩其门，再叙击掌之誓，某唯唯。后一日，猛人接画家电话，告知即将返程，画卷寄托在服务台。猛人速打车前往，取画卷，急展开，始见一垂髫小儿，红褂绿袄，手持一风筝拐子，甚是可爱，继续展示，但见一细线随绢匹持续延展，十余米后，乃一风筝。猛人看罢，先怒后喜，说：亦是千古奇作。自是，画家不复返乡。

大　草

听《三字经》讲座，看《千字文》传承，猛人迷上了传统文化。绘画需要技巧，颜色亦价格不菲，因而选择书法。

报书法班，缴费 5000 元，练习十日，犹如蟹脚。急，问老师："何日可成？"老师安慰："我习书三十年，始授课，汝等天赋高，求学心切，仿佛十年能如此。"猛人摇头，急赤白脸，定要退学退费。

老师无奈，遂徐徐道："也有速成之法。"猛人脸色略缓，请教。其回应道："可专练狂草。"猛人再问："为何？"老师详细解释："篆隶行楷诸体，没有三五年的功夫拿不出手，只有狂草比较能蒙人。只要胆子大、墨黑，题写得三五个字，别人认不出来即可。"猛人色喜，由是专练"宾至如归"和"一笔虎"。

初，写简体，仿佛可辨。后，又自行揣摩，改写繁体，再加口诀"写字不怕丑，重在抖三抖"。月余，墨迹淋漓，不可辨认，自以为小城无出其右者矣。乃见老师。老师先看四字，端详片刻，惊问："妇女至宝？"猛人急纠正说："错，乃是'宾至如归'"。又指大字说："这是'一笔虎'"。

老师点头赞，说："已臻大成，另有两言需切记。"猛人颔之。其师乃言，其一，千万别说跟我学的书法，我还要继续办书法班，怕坏了"名头"；其二，千万别为他人题写"一笔虎"字，免得人家揍你！

大　招

对"人以类聚、物以群分"之言，猛人是辩证看待的。一则同道之人，确有交流沟通、相互应和；二则都是行家里手，又有同行相轻之嫌，深怕丢人现眼。参加聚会听多说少，以博众家之长；谈论作品也是表扬他人多，谈论自己少。

长此以往，挚友掏心窝子，放"大招"与："写字不怕丑，重在抖三抖。"后又解释，一是精神要抖擞，字如蟹爬，也要自信天下第一；二是提笔要颤抖，抑扬顿挫；三是布局要乱抖，疏可走马，密不透风，如此可成大家。猛人暗合于心，苦练三天，自觉大有裨益。

再次聚会，一改本来面目，评价作品，张三基本功差，李四悟性不行，王二缺点天赋，众人讪笑："不说谁不行了，告诉我们除了你还有谁行吧？"猛人赫然怒："你们这是羡慕妒忌恨！"继而举例说明，本周写扇面若干幅。

如是者再。又有聚会，猛人默然不语，众人好奇，问题写扇面之事。猛人闷闷不乐答：无之。又问原因答：膝盖扭伤。众人点头表示惋惜，并劝说道：可以降低标准，端坐书写亦可。猛人断然摇头，恨恨而言："太不合时宜，早不伤，晚不伤，偏是人人持扇纳凉季节，这腿脚怎追得上人家……"

爹事儿四题

错认爹

猛人好热闹,呼朋引伴,三日一小聚五日一大餐。聚则推杯换盏,猛人每醉。夏夜,猛人归,晕晕乎乎。家门前,朦胧中,见一半人高黑影,疑惧父亲怒其晚归,坐等训斥,忙低眉顺目,前往问候,恭恭敬敬喊一声:"爹!"。黑影蓦然发声:"汪!汪汪!"然后跑进门去。细看乃自家黑狗,妻子窃笑,猛人懊悔不止。

越日,猛人再去应酬,夜归,至家门前,又见黑影,踉跄上前,径直一脚踹去,骂曰:"狗东西,又要装爹!"黑影忽起立,喝道:"畜生,我就是你爹!"

爹的脸

猛人幼时,盼春节,无他,亲朋走访,可一饱口福而已。尤其是父亲单位供应年货,粉丝木耳松花蛋,更有猪头一个。取猪头回家,运斤如风,劈柴烧火,热腾腾香喷喷的希望在锅内翻腾,足以抵挡一冬的风寒。

一年又到分猪头时,其父出差未归,猛人与几个小朋友至单位取年货。庭院内,几十个猪头一字排开,鼻孔中插一纸条,纸条上书有姓名,盖猪头大小不一,同事们先抽签后确定猪头归属,猪头鼻孔插纸条为确定。

猛人与小朋友翻检纸条,口中呐喊:"这不是我爹,这是你爹,这是我爹……"不一,随手将纸条丢于风中,遍查猪头,未见其父姓名。猛人归,白其母:爹的头不见了。

母大惊诧,急急问询明白。去现场,正见众人纷纭,乱找猪头不已。再问原因,知起因于纸条丢失。携猪头回家,掷之于地,说:"这下,你爹的脸也不见了。"

谁是爹

"常回家看看"入《老年人权益保护法》,单位将孝敬老人作为考察干部的条件。领导明示猛人:"你各项条件都不错,只是民意测评中有一项缺陷,对父母脾气太大。"

猛人点头虚心接受,并表示整改。然,回家见父母,问候之后,稍有交流即不觉高声大嗓门,虽刻意克制,亦不能改之。

眼见考察工作即将开展,猛人无奈花大钱、进深山、找高人指点。细述缘由完毕,大师摇头三次一声喟叹,猛人惊问:"大师,没治了?!"大师答:"泰山易改禀性难移,今后将你爹视为领导就行,见不得人对你好——也就是犯贱,将伴你一生。"

别叫爹

夏蝉的幼虫学名禅蛹,各地又给它起了不少外号,比如说解留猴、小黑叫驴、肖肖猴、烧千(儿)狗、杜了猴、接溜猴,等等。名儿虽多,虫儿却不变,过油炸了又叫"金蝉",喷香焦脆,的是美食。如不舍得吃,还可以卖入餐馆换钱。是以,夏夜众孩童捕蝉蛹是一大乐趣。

捕捉蝉蛹,所需工具不多,关键是要有好的手电筒作光源。那时节,生活艰难,手电筒几乎算是家中大物件。猛人日日纠缠,其父不耐,痛下决心买强光手电筒一枚,珍惜程度更不啻于此时的"水果"手机,严厉规定猛人不得自行取用,避免丢失。

是夜,星光漫天,猛人复与父出,散步兼捕蝉蛹。有小童呼猛人嬉戏,猛人跑去。片刻归,寻其父,见一黑影,以手电筒逐树照射,速奔往,到眼前,刚张嘴,那人先道"住口,不许喊爹!"又自语道"就一手电筒,一晚上三个人认爹!"

乡村智慧六题

钱去哪里了?

猛人幼时嗜读连环画,家贫,难得满足。一册书,必来回翻阅至烂碎,颜色如"酱狗肉",方肯弃之。一日,客人来,其母与钱5角,大瓷碗一只,嘱曰:"去'代销处'打酱油一碗。"

猛人遵嘱前往。途遇小伙伴,以新连环画炫耀,欲细看,小伙伴急藏身后,眼热许久,多方讨要不得。猛人狠心讨价还价,以4角5分成交。二人翻阅半晌,忽记打酱油事。复反悔,欲讨要钱币,小伙伴撒腿就跑。

猛人无奈,至'代销处',将连环画掖入腰间,打5分钱酱油。售货者戏谑,令以大碗碗底盛之。端之回家,母怒其晚归,作势劈掌,猛人小心翼翼躲闪过去。又问酱油何在,猛人示以碗底些许。其母疑怪太少,猛人答:"不少,碗里面还有,不信你看……"边说边翻转示之,碗底酱油亦倾洒干净。

人去哪里了？

猛人少时，习气狡黠。放学后，取草筐，约同学出村外，逮蝈蝈、捕蚂蚱。夕阳西下，几人商定，如遇棍棒教育，速逃至村口集合，遂施然而归。诸儿父母视草筐空空如也，果然怒。猛人率众逃跑，至村口遇邻居大婶。大婶阻拦，教育猛人："读书要明道理，从小要诚信、守规矩，何况天色已晚，黑灯瞎火，你等要去哪里？快回去，我给你们讲个'狼来了'的故事！"

猛人镇定答："现在没时间听故事，三里外某村今晚放电影，我们得快去占地方。"大婶闻言，急回家，匆忙吃饭，持手电筒，三步并作两步走，赶路至某村，但见灯火了了，唯闻犬吠数声。怒而返。

辣的去哪里了？

夏日，猛人学成归。问家庭收入，其父详解种地若多亩，粮食经济作物若干，然亦没有太多富余。猛人乃就市场营销学夸夸而谈，特色经济、个性化服务不一而足。其父呵欠连连，终打断说："营销就是卖货，洗洗睡吧，明天和我一起赶集卖辣椒！"

翌日，清晨即起，摘新鲜辣椒两筐。父子相与至集市，地摊摆好，猛人主持。顷刻，有人前来，问："辣椒辣不？"猛人答："辣。"其人摇头离去。又有人来问："辣椒辣不？"猛人答："不辣。"仍离去。

其父问猛人："为何他们不买？"猛人答："主要原因是没有考虑差异性服务,将辣椒分为辣的和不辣的两堆就可以了。"其父摇头,说："不需要分堆,换我来。"

几分钟后,又有人停摊位前,问："辣椒辣不？"其父答："红的辣,绿的不辣。"一会儿工夫,红色辣椒被挑尽。猛人问："现在可以分堆了吧？"其父仍摇头。复有主顾前来,仍问："辣椒辣不？"其父答："长的辣,短的不辣。"又一会儿工夫,所剩辣椒皆大体一般齐了。猛人又建议："现在外表一样了,分开卖吧。"其父摇头说："看我手段。"再有人前来问："辣椒辣不？"猛人之父答："皮薄的辣,皮厚的不辣。"由是,临近集市散场,仅余辣椒二十余只。

猛人对其父说："我明白了,营销就是'蒙'。"说话间,一老妪前来,挑剔再三,又问："辣椒辣不？"猛人之父对曰："照实说西红柿不辣。如不嫌弃,这些辣椒白送了。"收拾完毕,猛人之父徐徐而言："营销是嘴甜、心善,如是而已。"

无需去哪里

骑自行车游玩是件让人非常愉悦的事儿,如果天气不那么炎热,而且没有忘记带着水、毛巾,特别是没有忘记带钱包的话。

当猛人骑在自行车上,离家40公里,周身黏黏的,口中干干的，额头不再有汗水的时候，他抬头望望天空中明亮的太阳，知道自己这次是真需要弄点水了。看看路边的无人的西瓜地，直奔过去，接二连三地拍开，终于找到一个大个沙瓤、清香直入肺腑的，刚要下嘴。忽听有人喊："抓住偷瓜的！"猛人定住。近前来，是一位六十岁左右瘦小老头。猛人身子两膀一晃，说："喊什么，吓我一跳，不就吃你个瓜吗，我只是忘记带钱了，改日来还钱。不行，我就找你们村长，找你们镇长！"

老人摆摆手说："不用那些弯弯绕，我有更简单的办法。"猛人问："什么办法？"老人说："不如轮流踢屁股，每次三下。如果我坚持不住了，你白吃；如果你坚持不住了，自行车留下。"

看看瘦巴巴老头，猛人心中窃喜，点头同意。于是，猛人立正站好，老人喊一声："准备好了？"然后出脚，猛人闪过；老人再喊一声，猛人再闪过；第三次，老人直接出脚，猛人"吧唧"坐地上，感觉屁股如拍开的西瓜一般。咬咬牙站起来，对老人说："老头，该你了！"老人微微一笑，说："不，你无需去哪里，不用找领导了，安心吃瓜吧。"

咸鱼去哪里了

营生维艰的日子，父母告诫猛人：持家唯勤唯俭。并进一步解释说："眼是怂蛋，手是好汉；嘴就是过道，即使是龙肝凤髓也只是吧嗒一口，进肚子以后还要变成肥田的东西。"因此缘故，锅灶里柴火都恨不得按根计数，盘中欲见荤腥，更是猫闻咸鱼——休想(嗅鲞)。

为满足口腹之欲,猛人装病、哭闹、罢工多次,少有效果。馋极智生,逢集日,购咸白鳞鱼(鲞鱼)一条,俟其父于道侧,远见其父至,掷咸带鱼于途。其父拾取。归,午饭果然是玉米饼子伴咸鱼下饭,一家人痛快饮食。

旬余,猛人思咸鱼滋味,故技重施。其父路遇咸鱼,端详片刻,以脚蹴鱼于路边水沟,骂曰:"臭鲞鱼,上次败了我家如许玉米饼子,这次还想坑我,没门儿!"

弯弯绕

邻人某,夫妻二人,独有一子,计划经济时代,为满足口腹之欲,偷做卤煮多年。虽时岁颇艰,食材无非死猫烂狗,油盐酱醋难得全活儿,然口味尚可,颇得左邻右舍称赞。后值改革开放,父子居家设店,卤煮口条肠肚俱是猪的下货。三五年间,十里八村小有名气。猛人下学无业,眼见某家居然小有,欲拜师学艺,三次登门,烟酒糖茶轮番送礼,坚不受。

猛人不做声张,思考月余,复登门,阖门而言,示之以秘:亲戚在乡镇政府工作,闻得拟聘"公务员"一名,工作无非端坐办公室,上传下达,上嘴唇一碰下嘴唇就是一天,虽是位卑言轻,然,"宰相家人七品官",毕竟是吃公家饭的,闻古人言"己所欲施于人",遂登门拜访,欲为某之子谋之。某喜。月余,某之子果入公门,自此衣冠簇新,皮鞋铮亮,亲族皆以为此乃天上掉馅饼之幸,邻里之间多有艳羡之色。

某甚德之,遂招猛人为徒。后数年,猛人名头渐大,乃独立门户,又三番五次追加投资,店面开进县城,范围扩大至鸡狗牛羊,产品包括卤煮熏烤,颇具规模气象。

过十年,某垂垂老矣。招猛人至其家,忏悔当初不该拒猛人三顾之意,感念举荐其子之德。猛人大笑而言:"当初举荐令郎做临时工,于我不过是权宜之计,一则学会手艺,二则釜底抽薪,绝了你家传承,否则哪有我今天家业?今无以回报,他日令郎遇机关裁员,可到我公司站台卖货。"某闻言愕然,郁郁而终。

念四题

吓死我了

讨生活计，猛人在公园门前开一门店。初冬季节，休息日，阳光普照，顾客盈门，猛人脚不沾地，收款出货，忙并快乐着。有四小朋友入，久等，猛人不屑搭理。诸人看不过，请小朋友们先行购物。

其一喊："我要一冰激凌。"此物非冬季畅销品，猛人已经置之库房，无奈众人等候，猛人遂收费两元，转身去库房，开冷柜，取之出，递予。

第二位小朋友说："我也要一冰激凌。"猛人急转身再入库房。锁门返回。问，第三位小朋友："你需要什么？"小朋友回答："我和他们一样。"猛人闻言，眼冒怒火，强作镇静，转头，高声问第四位小朋友："说！你是不是也要一个冰激凌？"

第四位小朋友看看猛人的脸色，急忙摇头说："不是不是。"猛人再转身入库房。出库房后，猛人将冰激凌递予第三位小朋友,长吁一口气,对第四位小朋友说:"轮到你了,小朋友你要什么?"小朋友盯着猛人的脸小心翼翼地说:"吓死我了,我,我要两个冰激凌⋯⋯"

两清了

"双11",恋爱季,猛人约女朋友共度良宵。携手至西餐厅,二人间,车厢坐,翠袖殷勤捧玉钟,葡萄美酒琥珀红,烛光摇曳,乐曲声声,笑语殷勤,情意款款。

打烊时间到,买单毕,服务生道谢,猛人起身还礼,挥手之间,汤盘落地,脆声一响。服务生说:"对不起,汤盘是定制的,价值50元,需赔付。"

猛人手持钱包力争:"就餐费本来就包括餐具费,顾客还要自带锅碗瓢盆不成?"服务生小声嘟哝:"那也不行,难道说你来吃一次饭,这个餐厅就是你的了?我工作三年了还是打工的。"

女朋友劝解,为保住颜面,猛人翻翻钱包,只有一张百元钞票,怒道:"只有这点钱了,全给你!"。服务生接过,又说:"先生,没零钱,找不开。"猛人闻言冷笑,拎起另一只餐盘,向空中一抛,眼见得落地粉碎,得意地说:"大爷不差钱!两清了。"女朋友叹息:"这下没钱打车了"。服务生接着道:"清不了,这个餐盘更贵,100元呢。"

看准了

　　猛人与妻子去动物园，门前八折购得他人兜售"富余门票"两张。检票口，工作人员鉴定为假票，猛人坚决不同意，作势欲投诉工商部门、欲报警、欲通报新闻媒体，竟成纷争，一时观者如堵。园方无奈，为安全计，息事宁人，认可门票，允诺二人入园参观。

　　猛人面有得色，戟指其妻，再次告诫工作人员说："世界上无难事，就怕认真二字，凡事儿看准了再说真假，就不会犯错误。诺，现在看准了，我们是两个人一起进去的，一会儿出门，不许赖我偷了你们的大猩猩！。"

问错了

　　冬季来临，猛人陪女友添置衣物。商场中，千挑万选，猛人两腿如灌铅，女友始选中一大衣。

　　女友试衣去，猛人捏荷包，问女士：服务员多少钱？女士不理，猛人再问，女士依然不理。

　　猛人怒，心中暗骂："狗眼看人低，欺负我没钱，什么素质?!"乃上前，一把扯住，质问："牛什么，什么服务态度？"女士一掌拍掉猛人熊掌，怒道："我也是买衣服的。"

妙言五题

金玉良言

猛人看医生，见一小男孩一边山崩地裂的哭，一边喊："我捞不着看电视，还要写作业，还要被你们玩，还要吃那么难吃的饭，我说什么了？现在还要打针，我坚决不打。"

小男孩妈妈束手无策。征得同意，猛人拉过小男孩和蔼可亲的说了几句话，小男孩乖乖脱掉了裤子。

肌肉注射完毕。小男孩妈妈无限钦佩，问猛人说了什么金玉良言。猛人答："也没什么，就是如实告诉他，我非常讨厌小朋友哭闹，惹恼我揍屁股的话，会比打针更痛！"

得意之言

幸福指数高涨,猛人先购置汽车,后想起考证。

报名之日,即埋头学理论,不日,科目一一举通过,且得高分,教练表扬,喜,做大言:理论考试如此而已,操作考试唯手熟尔。

科目二考试,一次未过,自言因大意;二次未过,自言因紧张;三次未过,自言因细节。陪三届学员练习后,人似黑炭,手如鹰爪,计拔掉档位操纵杆五次,拗断转向轴两根,总结经验六条,包括教学、心理、意念诸多方面,教练讨饶,驾校欲退款,猛人坚持强调契约精神,不达目的誓不罢休。

半年后,终成正果,接过驾照,抛向空中,大喊:"苦心人天不负,今后终于不用再碰该死的汽车啦!"

赠人一言

单位增加新人,猛人主持面试,听朋友言,为给新人留下深刻印象需设下马威。猛人依计而行,新人推门入,猛人开门见山:"我们是不是在歌厅见过?"新人面色凝重,看猛人一眼,缓缓说:"想起来了,你就是那天去面试的异装癖变态男!"

肺腑之言

"铁打的营盘流水的兵",毫无疑问,领导到龄自然是要退休的,退休之前自然要推荐后备人选的,同事们之间自然也会有竞争的。多人未雨绸缪,猛人也不例外。惜乎领导"拙诚立身笃行谋事",请客送礼等俗事绝对不沾。

猛人费心钻研,打听得嗜好下棋,遂日日陪同,"高钓马、君压臣、白脸将……"反反复复煞是热闹,最后推盘认输,领导哈哈一笑。时间稍长,另一同事亦加入竞赛队伍,初,略占下风。后读谱学习,迅即技艺大增,每每杀的领导丢盔卸甲,争的面红耳赤。猛人窃喜。

如是半年,领导即将离岗。单独博弈时,猛人信心满满,问后备人选事宜,领导脆然答:"已荐,是另一同事。"猛人怨言:"日日陪您下棋,关键时候您怎么忘记了呢?"

领导笑答:"干部得用巧人,正是弈棋知之,你稍拙于他。"猛人不做解释,只求再战一回合。开局以后,妙手连连,不出二十招,领导推盘认输。猛人再问:"我巧否?"领导摇头:"当时只道是略拙,现在看还诈。"

搪塞之言

"爆竹声中一岁除",淡淡的火药气息,花花绿绿的一地碎纸片,鞭炮几乎是春节喜庆的图腾。然,小区内此起彼伏的电闪雷鸣,也被不少住户斥责为噪音,更有邻里反目之虞。

为建设文明和谐社区计,为避免空气污染计,猛人献计物业管理:全体居民投票决定是否禁放。物业组织每户一名代表集中投票,计票后结果是燃放与禁放之比恰好为1:1。

一时未有定论,众论汹汹,一致认为猛人为始作俑者,正反各方俱逼猛人表态,说明看法。猛人始料未及,待众人团团围住,脸上汗下,大囧,嗫嚅而言:"什么看法?我能什么看法,还不是和大家一样,放鞭炮时向天上看……"

笔误二题

颠　倒

周一上班,猛人脸上挂彩,同事详询,知是周末为岳父送生日蛋糕所致。大家一致谴责岳家无良,妻子无德,即便蛋糕质量差些,区区小事何必大动肝火。

猛人说,也不尽然,闻知岳父生辰,乃奉命订三层蛋糕一只,上写七字:"祝二老寿比南山"。不意蛋糕店留言时笔下生误,二老颠倒为"老二",取时亦未细看,待生日宴会打开,高声朗读,举座大哗,岳父勃然大怒……

讽　喻

新婚燕尔，猛人夫妇设家宴，请岳父岳母。其妻预告猛人，岳父喜写字，善讽喻比兴，要求猛人要有眼色、机灵点，猛人牢记。

席间，觥筹交错，一家人其乐融融，又上米饭，片刻，其岳父举碗，言道："昔时，河畔螃蟹颇多，大的如此碗口……"猛人细看，饭碗已空，忙接过盛满，其妻暗翘拇指……

酒醉饭饱，猛人投其所好，邀岳父至书房，一展书法功力。铺平宣纸，点染浓墨，略静立，稳呼吸，气贯羊毫，力透纸背，一字写完，回顾岳父，见愠怒面色，心中发慌，急忙再写，二字写完，岳父摔门离开。其妻闻声音不对，急入书房问询，猛人以手示意说："知老人素好讽喻，欲恭恭敬敬写几个字，聊表才学，不知何处惹怒？"妻子随手看去，但见6尺宣纸右上角处，"滚滚"二字劈空而来，怒喝："这是何意？"猛人茫然答："滚滚长江东逝水，刚刚开始写……"

师道二题

草包肚子

十年寒窗,猛人终圆梦想,负笈求学于农学院。青春作伴,多的是浪漫情怀,少的是腹中油水。

餐厅就餐,满满一勺菜,餐盘递过,售饭师傅手腕抖三抖,热望中的肉片复落盆中,猛人眼噙热泪,师傅问缘故,猛人答:无他,怀疑记忆力下降,想不起猪是啥样了。师傅笑,饭勺轻点,掇起枣子大小毛茸茸物件一块,添餐盘中。猛人满意而去,至餐桌,张口就咬,竟是老姜。

忽一日,实习课上,老师讲授猪的类型、肉的产出比例、不同做法与口感,同学们听得忘我投入,口中滋生津液,猛人忽然提出要求实际测定。老师微笑颔之,自餐厅调白条猪半拉,置工作台上,先称重,后请同学们脔割之,以计算出肉率尔。期间,老师又外出片刻,猛人窃喜,与同学一道,切肉若干匿台面之下。

老师归,安排诸弟子,分别计重,猛人汇总。计算结果自是大出意外,猛人与诸同窗暗自忐忑。老师略视计算结果,笑言:"自为师求学之日起,至今已十几年了,实习课用猪均是草包肚子,貌似很重,出肉率极低,亦大奇事。"

蛮好蛮好

小儿新学期开始,猛人放心不下。鼓足勇气,电话班主任,自报家门,寒暄完毕,一一叙说小儿优缺点,性情习惯。最后再小心翼翼问:"最近学习怎么样,表现如何?"

班主任热情回应:"学习很主动,作业很认真,关系很融洽。"

猛人暗自高兴,连连道谢,并强烈要求见一面。班主任沉思半晌,回应道:"对了,您是谁的家长来?"

误五题

我以为

猛人出差,星夜归,愁眉苦脸叹息,道:"世风日下,人心不古!"。

妻问缘故,猛人说想不到清平世界,竟然有人乞讨,路灯下生生拦住,并要二十元吃饭。妻回应说,也是个职业,说不定还是丐帮,更何况赠人玫瑰手留余香。

猛人再说,这不是关键,我掏出钱包想找 20 元零钱,结果都被抢走了。妻怒骂:"为什么当着外人的面数钱?!"猛人答:"我以为道上的人讲义气,说 20 就 20……"

我懂得

偶感风寒，猛人至药店，药剂师殷勤问询，猛人不耐其烦，推搡止之，并说："我懂得。"

药剂师离开。挑选间，又一斑白老者至，见猛人，问："有治疗打嗝的药吗？"猛人看老人一眼，答："找对人了，有。"随手取药三盒，递予。老人详看说明，放下其一，疑惑自言："药不对症，好像是治疗咳嗽的。"

猛人闻言，手指老人鼻尖，厉声大喝："敢不信我！"老人浑身一抖，药盒落地，哆嗦着嘴唇说："你、你什么态度？！"猛人转嗔为喜，得意而言："你该懂得，打嗝不一定吃药，吓一吓就能好的，现在怎么样？"

老人脸转苍白，说："打嗝的是我老伴，现在我心脏病犯了……"

我会了

金秋季节，时兴农家乐，采摘旅游购物一体，煞是热闹。猛人心痒又心痛银子，乃与其子至郊外，临渊羡鱼，凑热闹而已。

日上中天，其子口渴，又见路旁果园无人。猛人遂决定入园采摘，并再三保证绝对安全。父子二人上树，各摘大红苹果一个。猛人抬眼，忽有人来，哧溜滑下，迅即仰头大喊："臭小子,快滚下来,怎么能偷摘伯伯的苹果呢？看我不打死你！"

来人快步来到树下,劝猛人说："别喊、别喊,'瓜桃李子枣,见了下口咬',小孩家家不懂事儿,别吓着了。"猛人父子略表感谢而去。归途,猛人之子说："我会了。"猛人诧异,其子说："我会应变了。"

为验证应变,次日,父子二人复至果园,复爬树采摘,果园主人复至,猛人之子哧溜滑下,迅疾仰头大喊："爸爸,快下来,你怎么能偷摘伯伯家的苹果呢？"

我知道

晚归,猛人按电梯,五次未响应。急,抬手,欲掌击按键。忽见按键旁有说明:电梯临时故障,亟待维修,敬请谅解,云云。

猛人心中暗骂,脚不停留,盘旋登楼梯而上。五层以后,渐渐气喘,九层以后额上见汗,十层之后逐层休息,或想故事缓解心跳或背诗词平息情绪,至十七层精疲力竭。抱万一希望,看电梯间一眼,竟然门洞大开。抱着少爬一层省一层的想法,猛人速进电梯。

电梯内有小伙子一名,维修工打扮,见猛人,劝道："大哥,电梯需要维修,下行,不载人。"猛人漫应道："我知道。你不是人？"维修工无言,按下去一层的按钮。猛人暗道："无妨,先下后上。"

至一层,电梯工再对猛人说："先生,一起出去吧,电梯故障,只能下行,现在停用维修。"

复杂了

门吸是个小小东西儿，损坏后却也很不方便，风来风去少不得"咣当咣当"的声响。猛人不甘心做"四体不勤五谷不分"之人，挑休息日下午，步行二十分钟，见装潢材料店，推门而入，店主正忙，说明来意，主人让自行挑选，反复比较，选定一永磁门吸，再要求优惠，店主人被缠无奈，大喊："送你了！"猛人疑惑，付钱而归。

挽袖子动手，方知安装门吸，看似小事儿，却也需要工具，螺丝刀自备，地面钻孔却是非电钻不可的。略一沉思，返回到装潢材料店，开口借电钻一用。店主人随手递出，讲解安全事项、使用方法，猛人点头、接过，欲离开。主人道："缴300元押金，不多要钱，卖价也是如此。"猛人左右掏口袋，既无钱币，又无值钱物件。老板说："没押金不敢借给你，素昧平生，到时候我哪里找去？"

猛人再找，又拿出一串钥匙，赌咒发誓一小时后，定当奉还，并押钥匙做信物，说："我给你留电话号码，把钥匙也放这里，你看有家里的、有办公室的、有储物间的、还有……。"老板打住，言道："钥匙放这里，快去快回。"

猛人带电钻回，按门铃进，换拖鞋打孔。十几分钟功夫，门吸按好。来回开合几次。点头满意。随即出门，至小店，见铁将军把门，问相邻店铺，皆称不知去向。等半小时不见，回家诉说。其妻道："抵押你自己也别抵押钥匙啊，老板定是出去配钥匙了，现在正在商讨，如何操作才能如入无人之境。啥也别说了，今后这个家就是他的家，说不定连我也成了人家的……"

猛人闻言惊悚,先求饶检讨,后商讨对策,片刻功夫,二人电话呼来开锁公司,先换大门锁,后换储物间锁……忙乎间,猛人电话响起,接听乃是装潢店主人催要电钻,详询得知,门店关门仅是店主外出送货而已……

巧言五题

不麻烦

有朋自远方来,猛人请客吃水煮鱼。男男女,端坐片刻,服务员上菜,猛人见其拇指浸鱼汤中。遂客气地问:"请问鱼汤是不是也是我们的?"服务员诧异,答:"是的,先生。"

猛人闻言点头,再说:"那,劳驾您把拇指伸过来,我嘬一下,别粘走我的鱼汤。"服务员脸色赤红,忙说:"对不起,我马上给您换一盆。"

众人皆夸猛人风趣,猛人亦甚自得。把盏言欢毕,结账后,为展示风度,猛人又唤过服务员,微笑道歉:"给您添麻烦了,谢谢。"服务员摇头说:"不敢当,也就换个盆的事儿,说不上麻烦"。

反　哺

猛人参加工作数年,吃喝拉撒,穿衣戴帽,皆是父母负责。单位开展敬老教育,羊有跪乳之恩、鸦有反哺之义、老吾老及人之老,等等不一,猛人极受感动。

发工资之日,迅速回家,晚饭后,隆重掏出一信封,双手呈递给父母说:"爸妈,本月的工资3000元,敬请收下,一点心意,这些年你们辛苦了。"其父母感动的热泪盈眶,哽咽表示:"孩子终于长大了,懂事了,谢谢你们领导教育。"

猛人闻言脸红,说:"都是应该的,二老实在过意不去,就帮我买部新上市的'水果'手机吧。"

有机会

亲戚某翁,时年八十有九,寿辰至。亲朋好友往贺,猛人同去,众人一再嘱咐多吃菜少说话。猛人谨守言诺。

席间,大家轮流祝贺,寿比南山、福如东海、海屋添筹,老人家微笑而已。又有人起立敬酒,祝老人家长命百岁。寿星不喜,说:"100岁以后,又不是要吃你家的饭,何必这么吝啬。"

猛人闻言,按捺不住,举杯祝福:"祝贺老人家,希望明年我还能参加您90岁的大寿。"老人家打量猛人半天,道:"小伙子不要悲观,看你身体不错,健康饮食、科学运动、良好心态,说不定你还是有机会参加的……"

不问了

　　猛人百无聊赖，漫步街头，见两位女郎拖拉杆箱翩然前来，遂收腹挺胸，行注目礼。二人似有觉察，亦报以微笑，猛人心喜，脚步游移。

　　既近，殷勤问询："有什么可以帮助的吗？"其一嫣然一笑，问询："您知道火车站怎么走吗？"猛人点头如捣蒜说："知道，知道。喊一声帅哥，我带你们过去。"其二，看猛人一眼，拉同伴一下，说："对不起，我们不去了。"

幸　亏

　　卖场要求来有迎声、走有送声、所有问题有回声，热情服务、微笑服务、满意服务，猛人谨记在心，身体力行。

　　有顾客前来问询榴莲价格，猛人速作答、快包装，然，顾客又挑剔再三，闻味道察颜色完毕，再与猛人攀谈，后，要求买榴莲半只。猛人解释榴莲不可分割出售，顾客不依不饶，猛人絮絮叨叨解释不已，眼见交易不成，无奈抽空逃到值班经理处，进门即大呼："气死我了，刚才有个傻瓜，非要买半只榴莲不可……"

　　说话间，顾客气鼓鼓推门而入，经理目瞪口呆，猛人转身拉过顾客，继续说："还好，幸亏这位先生也要买半只。"

潮语七题

初 心

考试不是万能的,没有分数是万万不能的。逢进必考的不只是机关事业单位,小儿入学在即,猛人夫妇得知小学入学也要水平测试!

幼儿园起跑线上未能领跑,眼见小学入学水平考试又有输掉的危险。辗转反侧之后,猛人夫妇痛下决心。唐诗宋词三字经百家姓千字文,轮番领读,时间不拘,口吐白沫为止。测试前一天,一口气没松下来,又有消息人士通报,语言之外,还考数学 10 以内加减法,且不能用笔,要心算。无奈之下,猛人再教窍门,藏手于身后,暗掰手指演算。几遍练习,毫无差池,演示于妻,妻拍手称赞。

翌日,偕子前往,问周围家长,得知试题甚简单,不过背古诗一首,心算数学题一道,猛人颇失落,嘱咐小儿道:"好好表现!"

进考场，见老师，小儿先背诵古诗一首，"鹅、鹅、鹅，曲项向天歌……"又测试数学心算"10 减 7 等于几？"小儿手放背后，略掐算，迅疾答："3。"老师微笑，夸奖说："小朋友好棒，10以内的加减法这就会了！"小儿雀跃，两手一拍，大声喊道："两手插进裤兜，我能算到 11。"老师语塞，猛人羞赧，欲惶恐致歉，又见小儿从口袋掏出糖果一粒，继续说："如果有两颗糖，还能算到 12……"

"活久见"

朋友多日未曾谋面，闲来无事，猛人登门拜访。至家门，见一黑狗横卧。朋友道，不咬人。猛人初甚恐惧。片刻，见狗无恶意，意稍松懈。稍长，又逗弄之，狗亦无甚反应。遂至抚摸亲昵，亦甚温顺。

拜访完毕，临告辞。猛人夸狗，道：真乖，难得一见。朋友笑答："唉，它老了！"猛人应道："昔年移柳，依依汉南，今看摇落，悲怆江潭，树犹如此，人何以堪，人物一理，老了都不愿动。"朋友摇头，说："不是这个理，我是说它活得年头长了，你这样的人见多了，就是'活久见'的意思。"

推一把

女人节前夕,夫妻对坐,商榷庆祝事宜。猛人感慨:"女人如花,男人似牛,车上是父母妻小,丝毫不敢松套,比较而言,男人更累,关键时候,成功的男人更需要女人推一把……"妻略作色,复点头说:"既如此,节日就同喜同贺,礼物免了,一起去野生动物园放松一下。"

3月8日,二人黎明即起,到野生动物园,与一众游人,同乘车游览猛兽区。嶙峋怪石之间,芳草初萌之处,时见熊、虎出没,众人兴高采烈,谈及动物野性,渐及猛虎噬人之事,有人谑言总结:"要换妻子去北京某动物园,要换老公去浙江某动物园。"又有人喊:"谁敢下去跑一圈,我赌1000元。"话音刚落,猛人扑通一声落地,起身就玩命奔跑、逐车,十几米之后,妻子伸手拉住。好不容易爬上车来,众口杂夸:"英勇异常、胆气盖世、赢了1000元……"猛人置之不理,脸色煞白,手抹额头淙淙汗水,怒骂:"那个狗养的推我下去?"妻戟指其面,答:"老娘推的,是否还需要再推一把?"

我有一壶酒

"我有一壶酒,足以慰风尘;尽倾江海里、赠饮天下人。"饱暖之后,酒与文化交相辉映,酒史长河,诗词、人物俯拾皆是。

猛人独服阮籍,又常以量窄为愧,饮少辄醉,时有酩酊之态。醉后虽无文思,然亦无使酒任性之举。无论昼夜,酩酊而归,直接奔床,小睡移时,必起立饮水;饮水毕,必检视内外;检视毕,必洒扫抹擦,井然有序,方安卧。更有善处,猛人自己独不知。以此缘故,其妻亦不多言。

偶一日醉归,漏扫一室,醒酒发觉,猛人责其妻说:"你清理卫生不全面,一间房子十几平米,能省多少力气?"其妻笑言:"大老爷们,只管喝酒就行,这点小事儿不足挂心。"猛人愈加意气风发,常作大言:可论英雄,可浇块垒,可除愤懑,可度良宵,可对月,可对花,可对山海,人生快意唯饮而已。

一日,饮罢,趔趄上楼,错认楼层而不知,依然如故,拍门而入,登堂入室,径直卧床上……天色微明之际酒醒,扶头如厕,忽觉有异,速回卧室,再看床上人,赫然一大汉,细辩乃楼上大哥。骤然醒悟,忙找齐衣物,蹑手蹑脚,疾速离去。下楼回家,坦陈沙发,心中惴惴,唯冀蒙混了事。一小时后,其妻起床,追问何以彻夜不归?猛人以醉酒归、卧沙发对。言语未了,邻居大哥推门而入,述猛人借宿事,猛人羞报,连道惭愧不已。大哥摆手,道:"恰你嫂子外出,像这样的借宿,今后可多来几次。"又掏出百元人民币两张,说:"大哥也是厚道人,不能亏了你。"猛人大惊诧,问:"这是何意?"大哥强行塞入手中,微笑说:"别揣着明白装糊涂,这事儿还用细说?"

猛人急,遍摸周身,以手扶臀,哭腔问:"大哥,为什么给钱,你到底把我怎么了?"大哥大笑,说:"想多了,夜来把我家里外抹了一遍,这是劳务费。"

拍一下

与女友共进晚餐,烛光摇曳之际,二人时而窃窃私语,时而大快朵颐。吞咽太急,猛人忽然噎住,忙向女友解释:"噎、噎……"女友疑惑,樱唇微张,轻问一声:"耶?"

猛人摇头,女友出剪刀手大喊:"耶!"猛人见说明无效,含混求助:"错了,是噎住,快,快,快,帮我,拍,拍,拍……"

女友一脸不屑,扭身打开手包,掏出手机,边对准猛人拍照,边说,吃个饭还得拍下发朋友圈,真麻烦! 猛人晕倒……

误 赞

领导家中宴请同事,猛人兴冲冲向妻子请假。猛人之妻敦敦教诲,话说也是生产力。并辅以例子:"同事某,到总儿家就餐。上菜,赞嫂子手艺真好,总儿的娇妻脸红说,是叫的外卖。某转话儿再赞, 嫂子真会点菜,总儿的娇妻又连连摇头推辞说:哪里啊,是你大哥点的。某又点头,继续赞说:嫂子真会用人! 不出一月,某即被重用了。"听完故事,猛人亦点头表示受益匪浅、铭记在心,信心满满而去。

到领导家中,诸同事已列坐喝茶,细述平日点滴友谊。猛人乍到,正无从插嘴,忽见三四岁小儿,牵领导夫人手出,猛人顺手接过,略一端详,称领导夫人为嫂子后,说:"粉雕玉琢的小儿，眼睛透亮如宝石，真真是可人。一看就知道和我们领导是'大样扒小样'，亲生的！"领导夫人闻言作色，啐之，怒道："瞎说什么！隔壁老王家的儿子，过来串门而已……"

岁月成渣

猛人幼时，家中食指繁多，又父母不喜经营，捉襟见肘，温饱亦不相为继。及至长成，积习为常，悭吝持家，其妻尝较之友人，说："你们都是拿金钱当粪土的人，不过人家是视金钱如粪土，你是视粪土为金钱。"猛人不为所动，依然故我，吃食一项，即与妻子大相异趣，其妻子无肉不欢，生猛海鲜来者不拒，猛人颇多啧言，尤强调："鱼生火、肉生痰，白菜萝卜保平安。"美食上桌，则启衅端。

日久天长，其妻悟瞒天过海之计，逢猛人外出，即大肆采购，以快朵颐。为防撞破，院内撒黄豆一把，猛人归，见黄豆必捡取、唠叨，积攒一囊之中，妻子得以从容应对。年有余矣，邻里皆知，独蒙猛人在鼓中。

一日，猛人外出，途遇豆腐挑子，兜售不成，乃告猛人其家中饕餮之事。猛人急归，径直入厨房，果见畜禽肉鱼充盈庖厨。大怒，呵斥说："不意负心如此，我也不过了！"

急寻向来捡豆之囊，提之追及豆腐挑子，急命："全换了豆腐！"卖豆腐人称量未已，猛人复低声道："豆腐亦不过如此，还是换成渣吧。"

快意三题

相逢意气

　　朋友相聚,三杯过后,纵论江湖险恶、人心不古、冯唐易老、李广难封……末了,又各自谦让:"一般一般,世界第三。"朋友的"第三"不知道啥意思,猛人的"第三"却有"天老大、地老二、我老三"。

　　谦让过后,诸人趔趄归。猛人过夜市。见诸色人等,熙熙攘攘,心犹不甘,遂一路打问价格,褒贬贵贱不一。众人闻酒气,多不争执。行数百步,见招牌:"国际名牌,一件500元,不二价!"陡生情怀,边喷酒气,边指招牌问:"什么衣服这么贵,敢是抢钱?"

　　主人递与衣服,解释说:"不贵,国际名牌,你说个价……"猛人挥手打断,大声喝问:"你确定自己心脏没毛病?"主人点头说:"确定。"

　　猛人伸掌,直竖五指道:"那就好,50元!"周围人闻声,驻足围观,主人不怒反笑,亦喝问猛人道:"你也确定自己心脏没毛病?"

猛人诧异点头。主人继续喝道:"两件拿去!"

报复不得

朋友聚会,酒过三巡,猛人不喜。或问原因,猛人伤心答:"刚买一只羽毛球拍,马上被老婆打坏了。"朋友劝:"力气不小,这么快?"猛人怏怏解释:"与力气无关,球拍贵,嫌攒私房钱,敲打碎了。"

朋友深表同情,打气说:"是可忍孰不可忍,整日管的这么严,不报复一下,谅他也不知道'马王爷三只眼',球拍坏了,我们一样玩!干了这杯酒,一起去健身。"

片刻功夫,众人到健身房,或跑步或练器械,猛人郁闷,朋友带去沙袋旁,递一副拳击手套,说:"把沙袋想象成你老婆,狠狠揍,消消气,走的时候,我喊你。"

半小时后,教练找猛人朋友问:"那人是喝高了吧?来了之后,一直对着沙袋下跪呢……"

别违心

妻下班进门，猛人殷勤提拖鞋侍立，又汇报，碗洗好，饭已备。再请示，能否快意一下？妻嗔怪道："死鬼要作啥？"猛人小心说："也没啥，就是同学今晚聚会，想去参加。"

妻挥手道："想去就去吧，别违了心。"猛人喜滋滋，屁颠颠，转身欲去。妻再追加一句："慢着，把最重要的东西给我留下！"猛人一惊，下意识捂住裆部。妻不屑，道："说的是钱包！"猛人磨磨唧唧掏出钱包，边递与，边嘟囔说："空手怎么参加聚会？"妻接过，递与一张银行卡，说："没让你空手，用这个更有派头。"

猛人迟疑接过，嗫嚅问："密码呢？"妻答："很简单，是你第一次说爱我的日期。"猛人略沉吟，双手递回，道："忽然就不想去了，左右都是些熟人……"

乡村二题

留　心

学业结束、就职之后，猛人几乎不再读书，然，对孔子老师却是多有推崇之处，尤其喜欢孔老师说的："富贵如可求，虽执鞭之士，吾亦为之。如不可求，从吾所好。"在外，聊作洒脱之状，常喻人"眼见他起高楼、眼见他宴宾客、眼见他楼塌了"；在家，富家翁之念汲汲于心，直面蜗居，颇多生不逢时、时也命也运也的慨叹。其妻无奈，多以"命中有时终须有，命中无时莫强求"劝慰。

一日，猛人又谈梦想，"腰缠十万贯，骑鹤下扬州。"妻不胜其烦，调侃道："富贵其实也易得，网传，某游玩某地，得一石球，携之归，剖开居然翡翠，大富；某徒步乡间，脚踢石块，得狗头金如犊，一改清贫旧貌。由是观之，富贵不难，留心而已。"猛人闻言大赞，大言道："吾乡里亦是宜居之地，昔年'农业学大寨之'时，有宝剑玉石出土，博物馆有存；更闻说古时曾有金牛两尊居村前河道,以镇洪水,后流失,下落不明。闲暇之时,我也回去撞撞运气。"其妻漫应之。

俟周末,猛人早起,带水果、面包扬长而去,嘱妻:"静候佳音"。半晌功夫,家中门铃响,猛人怏怏而归。妻玩笑问:"真捡到宝贝了?"猛人答:"实无之。"

妻疑怪归来之速,猛人解释道:"入村之后,走访几家远近乡邻,问珍奇之物,皆摇头说但见石头坷垃,不见异物。固强之,则视我为怪物、视我为笑谑、热情地让孩童们赶我出门。既无消息,记得你说留心之事,复逡巡村中道路,片刻功夫闻有小儿惊呼,急近前观之,众小儿一哄而散,细看乃一堆牛粪,寒风之中, 呼呼青烟直冒……"其妻揶揄道:"莫非真是金牛屙的?"猛人摇头说:"我也是这么想的,再蹲下细看,牛粪炸了……"

信与不信

近年,以狗为宠物之风颇盛,呼子呼女者众多,城乡皆然。猛人幼时曾被狗咬,长大后,遇狗依然避之不及,频现猛人速跑、恶犬紧追的窘境。

听说微信朋友圈功能强大,遂发言求助,不久即有应答。应答者先自炫身世:狗是恩人,昔时贫甚,欲闯"关东",苦无盘缠,乃徒步而行,途中捡一青砖防身,遇狗,扔青砖,青砖断截两半。复捡起,两砖对磨,得黑灰粉末若干,再用旧报纸分包,至集市,以鼠药兜售,聊得资斧,至山深林密处,拴棒槌(人参)、猎野猪、逗黑瞎子(黑熊),终成富家翁,说来全仗狗之机缘。

说到怕狗之事,应答者又道:亦无良法,然狗怕虎,恰手头有"虎鞭"一枚,用来泡酒饮或随身携带,定可镇之,包你"狗不咬使棍捣"亦无碍,如有意,可忍痛割爱,付千元邮资即可。言罢细述虎鞭奇异之处,又发图片请猛人辩之。猛人打开图片,果见一物翘然,又按"知之为知之、不知百度之"的至理名言,查询再三,得猫科动物气味可恫吓犬类的科学道理,遂付款。

三日后,"虎鞭"到,猛人欲浸于客厅广口玻璃酒器之中,家人皆嫌龌龊不雅;欲饮,又因腌臜不堪下咽。乃随身携带。出门复遇恶犬,"虎鞭"在身,猛人昂然迎之,百八十步,恶犬嗅鼻,猛人窃喜未了,犬遽然直扑,猛人大骇,急扔"虎鞭"镇之,恶犬接之以嘴,猛人复记"虎鞭"价格不菲,急上前相博,败,又被狗咬。

吃货二题

童 言

严父慈母，猛人幼时即初识礼仪。迎来送往，口称"叔叔大爷"不算，还不忘问一句"吃了吗？"然少时家贫，终年不见荤腥。春节走亲访友，其母烙葱油饼两枚，途中塞与猛人，令速食之，聊做避免人前狼吞虎咽露丑之计耳，且嘱曰，给礼物勿伸手，就餐饮勿饕餮做状，猛人点头以示谨记。

至亲戚家，给予鞭炮逗弄之。猛人摇头拒绝，并道："最不喜鞭炮声，最闻不得饭菜香。"少间入座，主人饭菜，猛人面前尽白菜萝卜。片刻功夫，众人屡劝，猛人不下一箸，但盯红烧肉不动。主人乃调菜盘，猛人始轮筷大吃。主人笑问：何来闻不得饭菜香之说？猛人答："闻到就流哈喇子。"

又上水饺两盘，猛人惊问："为何这么晚才吃饺子？"主人见问的蹊跷，复问："应是何时？" 猛人答："我家过年就吃过了。"主人面露忧戚之色，饭毕，割猪肉2斤，送归……

公斤市斤

对于早睡早起，猛人是一贯欣赏的，特别是早起之后的"回笼觉"更让他觉得幸福异常。春花烂漫时节，一日早晨，猛人忽舍弃"异常的幸福"，信步走出小区。几步开外，即见一平板推车，几人围车而立，近看，上堆青菜，另有斑白老者手提杆秤。上前探问，知是新拔得头茬荠菜，趁新鲜劲，让城里人尝尝鲜，顺便换钱。遂打趣问："头茬之后呢？"老者答："头茬之后，荠菜就开花了，我再拔了喂驴。"

猛人笑，又问菜价，老人答："言无二价，实是 4 元 1 斤。"猛人心动，掏钱买 2 斤。老者扯一塑料袋，大把塞入许多，又以杆秤称量。猛人目测过多，然老者依然添加，再细看原来杆秤乃是公斤单位。称罢递与，猛人窃喜，归。越明日，猛人复早起，又买荠菜若干。如是者四。猛人忽生恻隐之心，扯老人至一边，提醒道："你看错称了，买菜多年，竟不识得称？"老人笑答："原是如此，如果我识得称，你也就不会反复买了……"

不可破题

之 一

猛人上班，一脸菜相。同事问：何以不乐？猛人答："昨晚燕饮之后，天色尚早，朋友邀请一起回家喝茶，女主人不喜，屡有催促之意。期间无聊，随口讲了一个笑话，朋友夫妻没笑，是以不乐。"

同事好奇，请复述。猛人遂述其概：大洪水又一次来临，上帝造诺亚方舟解救众生，不巧，方舟小了一号，众生灵遂决定抽签讲故事，谁的故事不能让全体乘员发出笑声，谁就下水。老牛抽到第一签，讲了一个非常有趣的故事，全体动物都笑了，只有猪板着脸。老牛无奈下水。第二签是老驴，老驴讲的故事，非常乏味，故事讲完大伙都不吱声，忽然猪哈哈大笑，看到众多诧异的目光，它上气不接下气的说，刚才，刚才，老牛讲的故事不是很好笑吗？

同事听完故事说："故事忒俗，他们不笑也罢了，你不必放在心上。"猛人摇头说:"他们不笑不是问题,我也不会放在心上的,问题是故事讲完后,他们家的壁橱里面忽然传出了笑声……"

之 二

单位添新人,甚养眼。众人皆欢喜。唯独老板娘颜面不爽。众人皆不平。

一日,老板娘训话:"做职员要懂规矩,洁身自好,不能像有的员工那样!!"

训话完毕,老板娘转身离去,新人莫名其妙,问大家:"有的员工怎么样?"

猛人答:"有的员工成了老板娘……"

作态六题

品　茗

猛人初次和女性朋友约会,斟酌再三,档次高的花钱多,花钱少的没品位。比较再四,选定一茶馆,无他,便宜耳。进茶馆,入座毕,点茶水、小吃,服务生转身离去。猛人讲故事,老和尚请饮茶,敬茶,敬香茶,坐,请坐,请上座。朋友莞尔。

服务生端来两杯茶,猛人轻轻托起,闻一下,慢慢吟咏,寒夜客来茶当酒,好茶,香叶,嫩芽,嫩荚新芽龙团凤饼,碾雕白玉,罗织红纱;又轻轻咽下,尽道自然味纯,色净香幽,直达心田,更兼道不尽的甘醇舒畅。

品味间,服务生又端来两杯茶。猛人诧异:"这还没喝完呢,我没点这么多,你们不能强买强卖,我要投诉。"服务生嫣然笑语:"先生您误会了,这是您点的茶。"猛人再问:"那刚才是?"服务生:"漱口水。"

学不了

有子初长成,猛人以礼法调教之。坐卧立行要有样儿,出门待客要规范。走亲访友,也多有提醒,嘘寒问暖不算,就餐还要做到:饭菜只拣眼前的挟,免得洒落;可口的饭菜只能连挟两次,免得一口气吃光,显露饿鬼之相;鱼只吃一面,不得翻动,免得主人家的孩童无法品尝……条条框框很多,其子无法一一记叙。欲以实践检验,苦于家中无米面菜肴。

时至五月,麦子初熟,家有余粮,令妻做手擀面三碗,葱花炸酱一碟,置饭桌之上。猛人讲解待客、做客之道,令妻示范,其子学习。先分主宾之位,后是请坐入座,又请吃菜喝水。其妻举箸挟面,其子忸怩作态,仿照之,若大人状,又忽问:菜在哪里?猛人答:酱碟暂代就是。其妻忍俊不禁,以手掩口,面条从鼻孔中出,如龙须。其子见状,掷箸起立,说:我不吃了,动作太难,学不了……

吃不了

春四月,青黄不接之季,日上三竿之时,不速之客自远方而至。猛人乃释手中活儿计,与客人座谈,稼穑艰难、天气阴晴完毕,复论"绿树村边合、簌簌衣巾落枣花……"时已过午,客人端坐,了无去意。

猛人无奈，与妻私语，请效陶侃之母，略备一餐。其妻扫面瓮、掏咸菜坛，集白面半瓢，咸鸡蛋两枚，呼猛人出，示之。猛人道：无妨，可烙饼三张，煮咸鸡蛋伴饭。其妻担忧饭菜不足，猛人又道："毋忧，我自有处分。"

少间，炊烟起，半小时功夫。三张烙饼、四瓣咸鸡蛋、数棵青葱上桌。二人各取烙饼卷青葱啖之，客人细嚼慢咽，猛人劝用鸡蛋，客人但以箸头微点而已。猛人又劝："看不起我？"客人笑，复摊饼桌上，剥鸡蛋三瓣，卷之速食。猛人作色："下饭菜而已，这般仓促，想不到你竟如此性急。"又拿起第三张烙饼，一扯为二，递半面烙饼与客，言道："知你饭量下，这半个，你无论如何要吃下去……"

英　雄

猛人追求女神，年余未果，诉诸好友。好友解忧道："自古才子佳人、英雄美女。腹中诗书，君已了然。时平岁稔，亦少有危难，且急公好义，救人危困，君亦有力不逮处。思量再三，唯篮球一项，可大显身手，以此突破，或有成事之冀。"

猛人难之，问："君有所不知，篮球仅喜欢而已，技艺委实是了了，何能令其刮目相看？"好友再点拨说："何其愚，不见篮球比赛乎？上场只管尽力奔跑、呐喊，结束之时，请队友将你抛向空中，做庆功状即可，谅她也不懂篮球比赛"。

翌日，猛人中午请球友吃饭，大鱼大肉大酒之后，诉心中苦闷,拜托抛空祝贺之事。球友们胸脯拍的砰砰作响,誓言绝无问题。事不宜迟,下午即约女神观战。比赛结束,球友围拢,抛猛人空中……晚间,好友致电问询进展情况。猛人答:"此事不及细谈,目前自己身在医院。"朋友不解,猛人再解释道:"深悔虑事不周,只拜托抛向空中,未嘱咐还要接住……"

洁 癖

猛人恋爱,须登门拜访女友父母。二人择定吉日,挑选礼品,诸事具备,心中依然忐忑。又反复问,女友家中择偶标准,穿衣戴帽,何等模样?言谈举止,有何禁忌?女友不耐其烦,道:"男子汉大丈夫,何须饶舌,父母爱干净,届时但干头净脸,身无异味、衣着利落即可,切记要有良好卫生习惯。"

是日,猛人晨起沐浴,剃胡须,修鼻毛,剪指甲,换衬衣,擦皮鞋,收拾停当,衣帽光鲜。至女友家,喊伯父伯母,顺畅交流完毕,似获满意。女友父母出门送行,又问生活习惯,猛人大口说:"其他也无特殊爱好,就是有点洁癖,见不得不洁之物。"

说话间,恰有清洁人员挑粪担子前来,遂闭嘴、屏呼吸,做厌恶状。不意担粪人行动稍迟,至身边,猛人憋气不住,无奈大口急喘……归,电话征询女友,老人印象如何,女友答:"其他皆好,只是不解为何嗜闻粪便味道?"

鸽 子

　　丑媳妇免不了见公婆，丑男人也一样得过"面试"关。相识数月，考验种种，猛人终获女友恩准，可伺机登门拜访。

　　兴奋之余，猛人挤粉刺，扣耳朵，洗牙齿，理头发，恨不得把自己拆开重新组装一遍。同事有过来人，目睹猛人搓手跺脚，心大不忍，乃安慰道："古人有云，忍痛易，忍痒难。虽无可类比，但大道理相通，人既丑，又无华屋豪车，但可在有趣处补强，恶补琴棋书画知识，或可赢得青眼相加。"

　　获此秘籍，猛人凤夜力行，冀有一得。登门日，见女友父母，殷勤致问候，叙温良，饮水数杯，相对无言，换话题再三，无关风月。又彼此勉力数语，女父忽谈起鸽子，猛人先是唯唯，后由鸽子延伸至和平，延伸至人生，又引用西谚"人生有时候是鸽子，有时候是雕像。"

　　二人话语转稠，女父有相见恨晚之感，又打断道："鸽子种类亦多，家鸽之外，林鸽、岩鸽、北美旅行鸽、雪鸽、斑鸠，价格有云壤之别，你喜好那种？"猛人正得意处，脱口而出，说："品种不论，口感红烧最好。"女父闻言愕然，逐猛人出。

城乡三题

钱说话

　　朋友某,外出经商年余,归。着华服,绕村一周,又请几个发小酒店小饮,略表感谢日常关照之意,猛人忝居其中。

　　席间,某意气风发,天南地北,奇闻异事,不外富贵温柔之乡、鲜花着锦之处,赚钱如"搂豆叶"般轻而易举,生活如王子般笙歌彻夜。众人唯唯,独猛人摇头,呈不屑之态。

　　某见此复言道:"城中不止灯红酒绿、钱多人傻、机会多多,连说话也科技含量蛮高。"并举例为证,某日忘记拉上裤子拉链,服务员提醒说,先生你领带的拉链开了;某日买皮鞋侃价,营业员答应说,可以卖一只,云云。

　　猛人反驳说:"这些我们村里也一样,就是借代而已,比如说,过去说谁是绿头巾,现在我们可以说你的头发绿了……"某闻言停箸,追问不已,猛人坚白失言。某叹道:"真真世风日下,人心不古,还是用钱说话吧,你每指出一个男人,我就奖励你100元。"言毕,掏出钱包,啪一声摔在酒桌之上。猛人见状,赌咒发誓绝无此事,见某脸色稍缓,又告诫道:"别以为每个人都见钱眼开,你以为我就没见过钱,谁在乎你那三千两千的?"

开 窍

"窗前教女绣,灯下课儿书。"解读了课本上乌鸦喝水的故事,猛人意犹未尽,又讲故事:有一头驴了,不小心掉到深坑里,跳踉大鸣,主人循声觅之,见无法脱身,约家人至,共投泥土砖石,驴子初甚惧怕,以为将被埋葬,偶抖脊背,见泥土砖石坠落蹄下,始镇静,片刻功夫,渐填渐高,竟得出。

故事讲完,追问其子:"这个的故事和乌鸦喝水的故事是不是一样?"其子略有所悟,并答:"一样,凡东西坠落到深坑,都应填土石解决。"

猛人笑言:"也不尽然,比如说足球掉到深坑里,填土石就被埋掉了,得用水灌,这样足球才能浮起来。"其子闻言再问:"如果没有水、也没砖石又怎么办?"猛人略思忖,答:"很容易,可以召集小朋友一齐撒尿,也是一样的。"其子点头表示明白了,猛人喜,以手抚头,嘉许道:"你终于开窍了,学习之道,贵在学以致用,考试分数不唯一,凡事动动脑子总是有办法。"

越旬日,其子放学归,面带泪痕,猛人问缘由,其子抽泣答:"放学后,和小伙伴们回家,路上,我不小心掉坑了……"

保　险

　　年集是热闹所在,寒冬腊月少不了冷冷的风,甚至还有零碎的冰雪,但枝桠纤细的桃枝、火红的春联、簇新的鞋帽、各色的锅碗瓢盆,还有急劳劳忙于挑选的人群,熙熙攘攘噪噪杂杂的混响着,就形成了温暖和愉悦的主旋律,对此,猛人很是喜欢。

　　当然,他更喜欢年集上、背风处、炉包摊上飘出的香味,三面木板围成的简易小摊,忙着和面的女主人,招徕顾客的是当家的,炉包端出来,面如雪、底似金,吹口气,轻轻咬开,白菜如玉,韭菜似翠,肥瘦相间的猪肉扑鼻的香气,路过的人都会垂涎欲滴。

　　鼻翼翕动两分钟,摸摸口袋,略一盘算,猛人扭头离开,再奔猪肉摊而去,至摊前吩咐:"五花肉2斤,回家打炉包用。"摊主一刀割下,麻利地用茅草捆扎。

　　钱货两清,猛人慢慢踱步,忽觉内急,左右寻摸,见一简易厕所,迈步进去,低头视手中肉,又觉不妥,复出以砖块钉树枝于墙,悬肉其上,放心而入。

　　时有无赖子某,见其入厕,逡巡至,取肉。方转身,见猛人出,急以口衔茅草绳,吊之。二人相对,无赖子松口,取下肉块,问:"丢东西了吧?"猛人点头,无赖子又道:"人来人往,需多加小心,钱物不可须臾离身,像我这样将肉衔在口中就保险多了。"猛人无言以对,怅然归。

股市二题

一句顶一万句

同学聚会 AA 制。热闹处,班长接电话,通知幸运中奖,迅速挂掉,道声:骗子! 大家遂以骗子为题,玩真心话大冒险,顺道评一个最惨的免单。

同学竞相比惨,有说网上购假冒伪劣商品的,有说办假学历证明无效的,有说被冒充领导骗钱的……半圈过去,又一同学起立,说:"都别叨叨了,古今骗术,林林总总,各有千秋,上当受骗,唯我最惨,一句话害得我损失一套房!"

邻座的同学闻言揭发,说:"吹牛,你本来就只有一套房,如此潦倒,何来受骗损失之说?"站立者脸红辩解:"半生潦倒,仅能容身,还不是全怪那句'房价会跌的!'"众人唏嘘,同叹"一句顶一万句!"

猛人停箸放杯,大声打断,说:"这不公平,不能全怪房价,还有一句!"众人齐视,猛人再切齿道:"股市会涨的!"

大局意识

"读圣贤书,明君子理",暗夜扪心,猛人不敢说事事合于圣人言,然自矜差强为半个君子,比如说,很爱财。

年来,听朋友劝,万余元投资股市。自此,茶余饭后,少不得唠叨一番。初,猛人之妻颇厌之。不意大盘指数蹭蹭上涨,投资居然小有收获;又有同事姐妹们屡屡提及股市涨涨跌跌,更兼有传言,某某投资几何月余翻番、某某投资若干年余增长60倍……姓名单位具备,就差电话、微信、qq号码了,虽不能详细查询,但怦然心动心向往之。商之猛人,猛人以为不可。其妻举理由者三,专家指导、股评参照、普遍赚钱。

猛人逐一驳之:股评家是输的只剩下内裤的人,专家是将内裤都输掉的人,股市终是二八定律,二成的投资者赚了八成投资者的钱,熙熙攘攘的人群退潮时才知道谁在裸泳。

妻闻言转色大怒,定要倾囊一搏。猛人无奈,拍桌而立:"须要大局意识!"其妻,亦拍桌道:"拍桌何难,我也拍的,投资参与经济发展何以无大局意识?"

猛人气色凛然、声调铿锵再道:"2007年初夏,股市亦一片火红,我亦小有收获,你与小伙伴们眼红心跳追赶投资,当日入市,翌日大跌,一手造成了史上闻名的'530股灾',股市自此走上8年漫漫熊途,如今股市雄风初振,你等故态萌发,居心何在?哪有大局意识?"其妻闻言气馁……

高人七题

斯　文

　　小城虽小，然而文脉绵延，琴棋书画，俱有精到之人。

　　先生某，耕读世家，素有丹青之癖，尤喜擘窠大字。昔时，有阶级斗争"成分论"，因家庭出身，先生常有清扫大街、清理厕所等任务，又不敢涂画，技痒之时，多写"讲究卫生"之类，贴于公厕、垃圾箱之侧。诸少年不谙世事，或撕或揭，戏弄之。猛人更联句为："讲究卫生、大小便入坑。"每相遇即大喊，其父尝因此怒挞，而终不改……

　　后，改革开放，廿数载，先生潜心耕耘，名声鹊起，虽不至洛阳纸贵，人家亦以室悬先生字画为荣。彼时，猛人亦小有成就，常以室内缺先生墨宝为憾。酝酿多日，备润格，访先生于工作室。

　　相见之后，略述温凉，即道相求之意。先生亦不推辞，转身挥毫、钤印，一支烟功夫，墨迹稍干，即交付。猛人展开，但见六个大字："不可随处小便。"见猛人有难色，先生道："昔时常练，今日见你，又思万千往事，只会写这些，虽是俗语，亦可作修身箴言。"言罢，退润格，送客。

猛人归，羞怒甚，欲撕碎作罢。忽有短信，上写："剪切装裱，可得'小处不可随便'，斯文之事，小作惩戒，如是而已。"

不可理喻

暑气灼人，动辄汗流浃背，猛人常自宣称："不宜妄动，吐纳延气，可保冬日无病灾之虞。"

某日晨，猛人气吁吁上楼，怒冲冲将包扔桌上。同事问："炎热天气，养生纳气，因何动怒？"

猛人气犹未平，边打饱嗝边道："适才上楼梯，一穿短裙女生在前，我举一瓶矿泉水，拖后几个台阶，边仰头看矿泉水瓶边跟随。两层楼不到，她竟然扭头直斥，并还骂'流氓'！"

同事深表同情，说："这些'新人类'就是不可理喻，自恃长得养眼，就口不择言，没素质！"

猛人接口道："可不是，遇这事儿我到哪里说理去？直气得我一把拧开瓶盖，一仰头，真把矿泉水喝光了！"

其实你想多了

男士都是要结婚的,女士自然也会出嫁的。

美女某,颇有姿色,追求者众,猛人亦是其中之一。初,仅抱侥幸心理,"有枣没枣打一杆儿。"每细思忖门第、容貌、才华、成长空间诸要素,多自惭形秽,觉无论单项还是综合,皆难与竞争者俦列,聊且从众,以此排解寂寞而已。

如是期年,渐心灰意冷,欲放弃。然,某态度忽由冷转热,甚至暗通款曲。猛人大喜过望,月余定亲,约定婚礼。亲友多有祝贺,有人道郎才女貌,有人道苦心人天不负,猪终于拱了白菜……不一而足,猛人一笑了之。

月余,婚礼如期举行。皆大欢喜之时,主持人将气氛推向高潮。极力煽动猛人叙述爱情经历,追问"何以卖油郎独占花魁?"。猛人抵挡不过,话锋转向新嫁娘:"因我冷峻乎?"新娘摇头。猛人又逐一问机智、健壮、能力、潜力诸问题,新娘皆否定之。气氛渐入尴尬境地,猛人无词,乃强新娘答复。新娘缓缓道:"其实你们想多了,新嫁娘百里挑一,既不图财,也不图貌,只因素有神经衰弱之症,每有动静则夜不成寐,而所有追求者中,你是唯一睡觉不打呼噜的……"

对　了

孔子有云:"富贵如可求,虽执鞭之士,吾亦为之。"圣人如此,猛人亦如此,直接理解为:"假如有了钱,世界就不存在假如了!"又搬砖嫌累、创业不会,夫妇言谈,常苦觅捷径,惟恨不得其门以入。

如是几年,猛人妻得遇高人。结识姊妹若干,时常聚会饮宴,家中各类保健品渐多,或食或用,俱有"纯天然"标识。家中饮食风格亦渐变,由海鲜,而肉食,而素食。猛人频频叫苦。其妻讲道理数次,无效,心实厌烦。数日后,恰有聚会,便偕猛人入会。

进会堂,则男女混杂,环绕长条型会议桌而坐。会议形式活泼,边吃边聊,所食之物,鱼肉菜蔬具备,颇丰盛。主讲者言语滔滔,舌绽莲花,谈养生,生命无常、健康重要、食品安全、保健办法娓娓道来;谈财富,人生价值、财富管理、朋友意义、聚财方式一一列举。大快朵颐之余,猛人频点头。最后,主讲者振臂一呼:"千遍万遍,不如行动一遍,我们的口号是'从最熟悉的人发起,从现在做起!'众人起立齐呼。

集会归,猛人热血沸腾,犹有戚戚之感。其妻趁热打铁,促其行动,拉人入会。见猛人心怯,又鼓励道:"晓之以情,动之以理,现身说法,不愁他们不信!"

次日,下班时分,猛人宣称有要事相告。同事齐集,猛人郑重道:"转基因食品不能吃了,前些日子,我与儿子做亲子鉴定,基因竟不相符!"众人怔怔,一人怒道:"医生竟是这样解释的?"猛人摆手说:"不是,是我媳妇说的⋯⋯"同事拍肩道:"对了,对了,这就对了⋯⋯"

机　缘

　　老友老枪老狗,俱经岁月打磨,光华内敛,看起来不显眼,用起来挺顺心。老友常相聚,饮酒吸烟品茶,谈时局,非领导,抨同事,发发牢骚,吹吹牛皮,少不了意气风发,蜚短流长。居然期间,猛人甚感安适。

　　一日复相聚,诸人谈锋甚健,天上人间,无不知晓;世间万事,难称自心。独有一人,含笑无言。猛人疑怪,问缘由。乃缓缓道:"人言汹汹,一言以蔽之,名利二字罢了。人生须臾,长江无穷,天地之间,物各有主,取一毫何益?清风明月,何尝费一钱?能知足常乐,人言与我何加哉?能看淡得失,糊涂一点又如何?当官当副的、穿衣穿布的、吃饭吃素的,比上不足比下有余,想得开、看得透,走自己的路,就是好日子。"言罢啜茶一口,再作壁上观。

　　众人闻言如雷震,半晌无言。猛人起立致敬,说:"真真士别三日,当刮目相待。旬日不见,不意老兄竟深谙古人心意,有超然物外之风,莫非得高人指点?"其摆手,回答道:"非是遇高人,实是因机缘。原来我等一起,执拗不已、想不开、看不透,皆机缘未到耳。数日前,家中拆迁,分房五套,我忽然就想通了……"

放　下

职场辛苦，猛人失眠。早晨打卡，双目红肿，头发凌乱，更兼呵欠连天，情绪萎靡，口气不小。以此，同事啧有烦言。

猛人苦之，求医问药，惘有效果。闻得某山深浅处，世外有高人，无须医药，专治各种不顺和不服。急驱车以往，扣山门，进素室，拜高人，送红包。高人颔首，朗声自谦道："非为仪金，参悟多年，得见天道，又见不得'蒙古'大夫误人，故慈悲为怀，聊解大众倒悬之苦。"

问所求，猛人细描绘，说："每夜深，则入梦；每入梦，则有便意；每有便意，则又找不到厕所，是以淋漓酣睡几无可能，甚为所苦……"

高人拈须，闭目片刻。忽睁眼，开口说："失眠是虚症，心结为实，心病还需心药医，解铃还须系铃人。"又详解说："梦中便意，无他，或指标或职位或薪酬，实是借代职场压力；梦中找不到厕所，无他，或考核或纪律或制度，实是借代层层约束。此症乃过于要好所致。"

猛人又出红包，求化解之道。高人一手二指钳夹红包，一手空中书写，口吟道："若不撇开终是苦，各能捺住便成名。"又详解，"天下事未了，亦可以不了了之，放下重任，放下约束，即可天然。"又嘱咐猛人临睡前，须诵读十次，以为修行，包他"婴儿般"睡眠。

猛人归，以为得真传，炫耀众人。旬日后，愈加憔悴，同事问效果如何，猛人沮丧，答："放下之后，确有变化，虽无婴儿般睡眠，但梦中能找到厕所了……"

绝　招

　　某，祖传接骨续筋手艺，传名十庄八疃，乡人跌打损伤多有登门求医者。至则携带或鸡或蛋或鱼或肉或点心，猛人艳羡不已，屡次登门学艺，某坚拒。

　　一日，猛人又至，适逢一老人一小儿进门，老者手托小儿胳膊，言道："嬉戏不慎，小儿肩胛脱臼。"

　　某略审视，缓言道："放手无妨，无须着急，亦不需推拿。"言罢，开药箧，翻腾取糖果一枚，一手扯小儿臂，一手将糖果置小儿头顶，又对小儿言："我数一二三，咱俩谁抢到糖果归谁。""一二三"未了，小儿遽举伤臂，间闻骨骼轻响，复试居然行动自如。

围城九题

启　发

冬夜小聚,话正稠,酒正酣,猛人起立告退,理由是内人不许。友人强留不放,且告诉说:"夫妇之间,重在沟通,何须畏惧如此?沟通之道,又在旁敲侧击,重在心有灵犀,话说到了,相互理解,凡事儿不难。寒夜漫漫,何不更进一杯,既可以浇块垒,又可借此直抒胸臆?"猛人然之。

夜半,踉跄归。见妻端坐灯下,乃喃喃道朋友之意,又补充道:"人生快意之事,不过是雇中国的厨子,娶日本的太太……"妻拍几,立道:"这也容易,明天我就报班学空手道!"

后数月,友人复见。叙欢聚之事毕。朋友再问沟通之事。猛人答:"很有效果。媳妇之前待我特凶狠,沟通之后,她报名学了空手道,现在只要她一鞠躬,我就啥意见也没有了。"

饭 局

恋爱数月，女友邀请登门。猛人小心问禁忌之事，女回应说，父母皆非守旧之人，喜玩麻将，百无禁忌，惟烟酒不可沾，懂礼数、识进退即可。

择日登门，猛人衣冠楚楚，问候毕，再审门阀宅第职业收入。言谈完了，时已近午，乃留客午餐。猛人记日前提醒，略推辞，复落座。

移时饭菜齐备，用米饭一碗，猛人有谦让意。女父挥手劝让，道："没力气还算男人？饭量大、气力足，能吃才能干，再吃点！"因言语激励，又时已过午，猛人食欲大振，将碗递与，又赘一句说："添满，压实一些。"第二碗吃进，又要一碗。三碗尽，复递碗，女母接碗，捶几道："米尽。"猛人尴尬出。

自是数日无消息，心灰意冷之际，又接女方邀请周末家中晚餐，且嘱咐说："中午禁食，留足空间。"猛人窨问何故，女回答："前次吃饭状况，母广而告之，邻里皆不信，今遍邀四邻打赌，彩头不小，备脸盆大米饭一盆，若全部吃掉后，嫁娶之资有望……"

决定权

"X 足虐我千百遍，我待 X 足如初恋"。球迷若评级，猛人属"铁粉"。每有赛事，通宵看球，上班评论，众人习以为常。新婚之后，评球减少，渐至于无。众人寂寥，究问原因，知新妇追电视剧所致。

一人乃道："不是东风压倒西风，就是西风压倒东风。战争年代，枪杆子里面出政权；和平时期，遥控器归谁，谁就有决定权！今日回家，先把遥控器抓手里，看她奈何。"猛人点头称是。

翌日上班，猛人脸横几道抓痕。诸人问原因，答："猫挠的。"又问球赛事，猛人答："没看。"某人又问："怎么遥控器没抢着？"猛人怒道："为遥控器吵了半天，留着无用，最终白送老王了！"

众人八卦心起，再嚷道："这么快就有隔壁老王了？"猛人没好气回道："不要瞎猜，老王是楼下修电视机的！"

实力与技巧

良言一句三冬暖，恶语伤人六月寒。猛人家中约法三章：着急的事儿，慢慢说；天大的事儿，细细说；尴尬的事儿，幽默的说。真个举案齐眉，父慈子孝。

然而，也有例外。世上本无事，转折就会起风波。比如说秋冬之际，妻需加衣，猛人与子同行，一上午下来，转时装店十个，穿穿脱脱，试时装无数，终中意一件，绛色为底，方格图案，妻掏荷包，不见钱了。猛人本嫌图案单调，似地毯，又见丢钱，大烦，口中哓哓，略加指责。妻恼怒，用手机支付，强买之。

临出门，猛人手插口袋，感觉若有硬物，顺手掏出，竟是人民币若干。尴尬之余，忽记起约法之事，笑道："徒儿抱歉，为师错怪你了。"言罢，嘻嘻两声。妻接话音，上前两步，啪啪两记耳光，大喝："何方妖孽，竟敢冒充师傅！"其子一旁拍手道："还是实力重要！"

天　命

同学聚会，猛人准备若干天，收拾停当去，铩羽而归来。

妻见其颓唐之色，放心微笑，又戏谑说："被女同学调戏，还是被男同学挤兑，竟呈如此之态？"

猛人垂头而言："士别三日，刮目相见。十年重逢，真有天壤之别。彼者某，貌不扬，才不秀，得托豪门，半岛市场执掌牛耳；彼者某，木讷无言，得贵人点拨，占尽先机；彼者某，素无聊赖，招朋引伴，胡吃海喝，工作原因海边购房几套，房价骤变，盆满钵满……再看看自己，也曾青春年少，也曾秉烛攻读，也曾埋头苦干，却是一无所有，真真死生由命，富贵在天，到哪里说理去？"

妻不忍其委顿，乃劝说道："这里不服，那里不愤，你不是还有一身毛病嘛？再说前天，还有大师说我是富贵命，三五年内行大运，耐心做事，锦衣玉食不难。"

猛人闻言抬头，愕然追问："他没说你嫁几回？"

考　验

好孩子是夸出来的,好太太也一样。结婚以后,猛人谨遵岳母嘱咐,早晚必赞美妻子一次。妻甚满意。

一日,阴云密布,天际电光闪耀。猛人下班归,默然无语。妻甚失落,问原因。猛人简洁答:"打雷时不宜言谈。"妻耻笑说:"妄为大男人,从前不知你胆小如此。"猛人急纠正说:"那时也没说这么多瞎话。"

妻闻言怒,诟斥道:"果然,男人靠得住,母猪能上树。既是天赐良机,不敢撒谎,那就考考你。假如此刻,你仍在办公室,独独留下一位漂亮的女秘书,雷声隐隐,你会不会和她聊天,顺道夸她?"猛人摇头说:"哪有女秘书?"妻强之,说:"就算有!"猛人再沉思,答:"可能也不会夸奖。"妻不放心,追问道:"那是工作加班,顾不上说话?"猛人答:"倒不至于,估计主要是腾不出嘴……"

气　度

半日时光,猛人洗涮拖抹,收拾停当。妻又急道:"沐浴更衣,有多年不见闺蜜登门,须气度非凡,不可输人。"

猛人再剃须修面,衬衣领带皮鞋,一套行头完整装备,妻熟视再三,提领挈袖,总是不妥。猛人略沉思,找来围裙,系腰间。妻点头道："如此，方有一家之主模样。"

又片刻，闺蜜至。猛人殷殷问候，端茶倒水，恭迎如仪。闺蜜道谢，妻示之以目。猛人道准备不周。妻补充说："把媳妇当公主，自己就是王子；把媳妇当丫鬟，自己就是太监。诸事皆好，唯一缺点，是耐心不足。"

闺蜜再开口，说："我家那位倒有耐心，每去商场，我挑选衣物，他必至休闲区下棋，而且嫌象棋棋局速度，单选围棋一局，消磨时间。何不让他们彼此交流学习？"

猛人闻言，不觉鼻孔"哼"响，嘀咕道："真真岂有此理，搁我……"妻扭头瞪眼，追问："搁你如何？"猛人慌乱道："搁我怎么也得三局两胜的。"

不可不戒

猛人晚归，囊空如洗。妻问缘由，猛人以大学同学来访、接待买单搪塞。妻冷笑问："女同学乎？住宾馆乎？"猛人摇头复点头。妻拍案道："婚前约法三章，不得独自会女同学，何故违反？从实招来！"

猛人无奈，解释说："接女同学电话，约见宾馆，心情澎湃，一时糊涂，忘记戒条，委实后悔。"妻打断道："乐开花也说不定，重点是花钱干了啥？我买衣服化妆品咋办？"猛人道："不道她经销保险，兴冲冲进门，即被推销。"

妻责怪道："何不以已有诸项社会保险拒绝？"猛人做可怜

之态，再低声道："她推销的是意外险，我初亦不答应，后来她祭出狠招，道意外险包括赌咒过的天打雷劈，我无奈从了。"

事不过三

猛人新婚，三日携妻回门。宴饮毕，岳母召集家庭会议，言女似鲜花、如白菜、像天鹅，追求者众，以猛人老实，故托付终身，惟不善庖厨，须珍惜善待。猛人诺。归，禀告母亲，母略思，怒亲家言语无状，令猛人寻妻过错，挫其锋芒。

不日，新娘子为爨，整肉下锅，饭时到，血水淋漓，猛人打圆场说，未脔切之故；次日，炊米，米未熟而烟已起，猛人解释为水不足；第三日，厨房内再浓烟滚滚，母目视猛人再三，猛人进厨房，拎锅出，双手高举，掷之于地。其母不语，妻则怒目视之，猛人低声道："事不过三。第一次是不懂可以学，第二次大意可以改，第三次依然如此，肯定是锅不行。"

寡人之疾四题

无伤大雅

数次恋爱无果，猛人更信姻缘之说，常念叨"万事皆有规律，冥冥之中，似有定数。"半八卦半关心，同事细扣原因，乃道个中原委，条件简单，没文化可以再教育，没钱自己可以赚，唯貌美即可，烦请众人费心。

不日，即有人介绍美女，事前声明小有任性，须考验耐心。猛人点头，说："斯人必有斯疾，小节无伤大雅。"遂约会，据说，相谈甚欢。

数日，猛人身上现紫印处处，七星瓢虫一般，问缘故，猛人答："无他，帮女友练习拔罐之故"。又数日，猛人走路趔趄，问缘故，猛人答："实是女友练习针灸之故。"众人表同情，猛人咧嘴晃臂，止之说："若无相欠，怎会相见，一切正常。"

再数日，猛人面色如常，神清气爽。众人以为，百炼成钢，猛人修成正果，齐贺之。这次，猛人摇头道："吹了！"众人再问：

"何时吹的？"猛人叹气答："买回一套手术刀的时候……"

绝　招

恋爱季节，猛人与女士某，"王八瞅绿豆，十分对眼。"私相爱慕，海誓山盟，一个非她不娶，一个非君不嫁。然，众人皆不看好，更有猛人之母，铁嘴铜牙否决，一时沸沸扬扬。

为息事端，成正果，猛人施尽千般计策，许过万句诺言，罔有效果。是以日渐消沉。朋友闻之，扯其衣袖道："事已至此，万般无奈，只有祭出看家本事，教你绝招了！"又详细解释说："明日大胆携女友回家，打开窗子说亮话。让女友直接与你妈对话，就说，铁了心下嫁你家，生是你家人，死是你家鬼，不能嫁给你当媳妇，就取代她，给你当妈！"猛人颔首而去。

二日后，朋友又电话咨询摊牌效果。猛人一声叹息。朋友问："这么狠的招都没用？你妈还不同意？"猛人答："非也，听了女友的宣言，我妈是同意了，现在是轮到我爸不同意了！"

烈　酒

连日辛苦，周末科长请诸同事小聚。不谈工作，不谈人事，不谈友情，只聊青春泪点。酒酣之处，又轮流讲恋爱经历，隐匿者罚酒一杯。

夜色阑珊，履舄交错，杯盘狼藉，诸人多有颓唐之态。科长又出新题目，喊服务员上烈性酒一瓶，逼大家发誓，谁从来没对妻子撒过谎，从来没对其他女人动过心，即可带酒回家，否则尽饮散席。众人振振有词，回应道："难得高兴，不如饮酒！"猛人遂醉。

猛人趔趄归，妻甚厌弃，乃小心解释喝酒缘由，又道："科长买单。"见怒气稍解，再详述最后一杯，辩解何以醉酒。妻质问："你怎么不发誓，然后把酒带回来？"

猛人大出意料之外，慌忙回答说："我量小，不敢喝烈酒……"

万能之法

猛人相亲，屡不成。朋友深究原因，道："木讷腼腆、少变通之故。"又教以"万能之法"，无话可谈时，以"你让我记起前女友"开头，再赞美貌与智慧并重，寻兴趣点，逐次展开。练习数次，友人点头，二人击掌相贺。

又数日，猛人再相亲。介绍人去，谈完天气和房价，相对无言。又片刻功夫儿，女起立、转身。眼见缘分又要落空，猛人祭起"万能之法"，急喊："留步！"女倏然转顾。猛人道前女友之事，说不尽温柔善良，深情款款。

女深感动，打断叙述，问分手原因。猛人答："忽然就没了。"女深表同情，问病因，猛人答："意外。"见女疑惑，又补充说："也许气太足,玩得好好的,忽然就炸了……"

见识三题

识　人

朋友邀约，着力宣扬"游泳是最好的运动"，猛人硬起头皮，同去游泳池消夏。

进泳池，朋友鱼跃入水，猛人随之。朋友划臂蹬腿向前，猛人咕噜噜喝水吐泡，朋友转身将其托起，惊问："不会游泳？"猛人喘息答："应该是会的。"朋友撒手，猛人再喝水，朋友再托起，再问如何，猛人答："现在确定了，不会！"

朋友遂拖拽猛人至浅水区，任其自由玩耍。脚踩实地，猛人惊悸之心顿消，见长长短短、深深浅浅、梨形、球形、桶型各类胴体碧水中翻腾，亲水之心再起。浅水区中有样学样，扑扑腾腾或奋力划臂或各式蹬腿或憋气潜水，各种动作半晌，扪腹上岸，找沙滩椅坐定，朋友亦上岸，问："玩好了？"猛人打一饱嗝答："说不上，但实在喝不下了。"言谈几句，再吐半口水，约朋友去卫生间，朋友摆手说："不用了。"猛人惊问："啊？"朋友点头答:"唔。"猛人不怿作色,朋友指众人说:"吾从众也,他们和我一样。"

猛人闻言大呕。后,每谈起游泳,猛人必正色道:"泳池中亦可识人,遇到去卫生间方便的男生,女生就下决心嫁了吧……"

识 茶

日长道远人困马乏之际,导游开展启发式教学,请大家免费品茶。猛人一众山呼海应。至茶社,一一列坐,服务生执大铜壶一把,"苏秦背剑""大鹏展翅""高山流水"各种姿势高冲低泡。

又有美女出场,讲究品茗功夫,谓之茶道。众人品茗静听,猛人应和:"劳作者茶是饮品、待客者茶是礼仪、寒夜客来茶当酒、且就新火试新茶、从来佳茗似佳人、玉泉流不歇……"摇头晃脑不一,服务生与美女面露高山仰止状,口称敬佩,又言:"本店有100元一杯顶级香茶,待知音已久。"

众人哄然,导游力劝,猛人开荷包点茶毕,服务生托一银盘出,盘中一玻璃杯,杯中春叶数枚,至猛人面前,轻轻放下,点头微笑,躬身示意,转身离去。

猛人双手捧杯轻晃,先看绿叶飘摇,再闭目静闻香气,又轻啜一口,口中吟道:"火前嫩,火后老,惟有骑火品最好。"复大喝一口,长吟:"玉泉流不歇,品茗诗香里,一口清茶,两腋风生……"

吟咏未已,服务生再端茶至,双手置猛人眼前,猛人瞠目大叫:"呔!地道黑店,杯茶百元不说,我只点了一杯,缘何又加一杯,坑我,我要投诉!"

服务生忙止之,说:"先生切莫误会,这才是你点的顶级香茗。"猛人乃指之前的杯子问:"那是什么?"服务生再解释说:"那是漱口水。"

猛人面赤,端香茗,做牛饮,服务生问:"滋味如何?"猛人抹嘴,寡然答:"甚热。"

识　物

猛人应聘办公室文员,主任要求很简单:"多干活少说话,沉默是金。"猛人遵照执行。

月余,有客人来,猛人伺坐。酒肉穿肠之后,主任与客人纵论古今,话锋多变颇具穿越之感,猛人云里雾里不明就里。说到格物致知、一斑窥豹,猛人忍不住插嘴:"树叶也可以,叶面背后脉络如树干枝桠相近,又似山川河流……"

主任目视摆手制止。由此,宾主二人又说道树叶大小,终于各执两端,一说亲眼见过的洞庭湖荷花叶最大,一说亲手丈量过的荔浦芋头叶最大。面红耳赤之际,猛人小声纠正说:"都不是树。"主任闻言迁怒斥责:"多嘴骡子驴价钱!"

猛人闭嘴,二人再次争竞,又说到梧桐叶和法桐叶,猛人欲插话,主任威吓:"再插嘴开除你!"依次说到桑树叶、白杨叶、椰树叶、泡桐叶、葵花叶、地瓜叶……万家灯火、夜色阑干,尚未定论,猛人忽拍案断喝:"开除就开除,芭蕉叶最大!"

神算三题

真　准

　　长假来临,猛人晚归,途遇一清癯老者,着长袍,戴五岳冠,行作揖礼。拦住猛人,尽道机缘因果,且赠锦囊一枚,并嘱咐说:"内有诸葛神课,日后灵验之时,务必请扫码支付。"言罢,递与猛人红纸包一个,再作揖离去。

　　猛人回家,灯下开红包,检视数次,并无钞票藏匿。又见字云:"近日不宜出门,否则有破财之灾。"后缀二维码一枚。

　　欲撕掉,其妻阻拦,且点头道:"很有道理,长假期间,外出旅行人多、费用多,在家休闲各类请柬多,不出门定能节省不少。"猛人诺之,凡应酬以"不宜出门"推挡。

　　假期过后,猛人欲扫码支付,其妻再拦,道:"锦囊果然有效,假日省却不少,不如再延长一月,至'双11购物节',可添置羊绒大衣一件。"猛人无奈发誓应允。

　　后数日,朋友强相邀,电话无数次,牌戏三缺一。猛人又以

"不宜出门"拒之。朋友笑其愚,且问:"走窗如何?"猛人顿悟茅塞顿开,迅速推窗跳出,咔嚓一声,小腿骨折。医院手术,医生问情况,猛人道原委,总结说:"真准,跳窗也不行!"

太 难

结婚数年,妻子仍未有身孕。猛人父母渐改讽喻为催促。闻得某处某大师甚灵验,严令猛人拜谒进见。

奉命至,见大师双目微闭,打坐蒲团上。开口问生育之事,大师睥睨功德箱,猛人心领神会,投币数张。大师始睁眼,问所求。猛人据实已告。大师点头,又闭眼,出右手,直竖一指,且道:"天机不可泄露。"

猛人乃试探问:"一年之内乎?""一男一女龙凤胎乎?"双胞胎乎?""一女孩乎?""一男孩乎?"大师皆摇头。猛人大不耐,高声直诉说:"一年两年,无所谓,男孩女孩无所谓,只要是我的就行!"

大师闻言一哆嗦,睁眼道:"你这要求太难了,钱拿走,别砸了我招牌……"

大　招

订单泡汤，思虑领导处无法交代，猛人转辗反侧，夜不成寐。清晨，洗漱完毕，见大师，诉疑惧，求高着。

大师漫应之，说："此事颇难，实说，业绩不佳定遭惩处，遮掩，纸包不住火。但也非无解，不过察见渊鱼者不祥，天机不可轻露。"见猛人无语，又出左手，拇指食指中指微捻。猛人会意，急付酬金。大师低声数语，又道："此乃不知权变之故。古人说事急从权，择其匆忙之时汇报，或可免除责备，现日上三竿，正是忙碌时候，可携带饮料两瓶，速去。"

猛人依计而行。至领导办公室，先说业务进展不顺利，又反复请领导喝饮料，诉曲折。十几分钟后，领导欲起立，猛人继续喋喋不休。又十数分钟，领导起立数次，猛人缠住不放，详述决心和构想。领导无奈，直欲夺门而去，猛人又紧扯着手说："还有一大事儿汇报，原来的订单被取消了。"领导边挣手边说："除了厕所，啥都不是事儿！"

路怒二题

换　位

据说这个时代，无论年龄大小都该考个驾照。猛人不仅费九牛二虎之力考了驾照，而且从朋友良言相劝，咬牙买辆"n手车"练手，除了去卫生间去哪里都开着。

不几日，其妻感叹说："还是有车好啊，出行挡风遮雨不说，听言谈，你身体都见好了。"猛人诧异，问："何以见得？"其妻举例："一上车就亢奋，不仅要干所有人的娘，而且还要干车的娘，就连道路大树都不放过，身体还不好？"

猛人闻言羞赧，赌咒发誓，誓言"忍为上策"，严格遵守"礼让三先""一慢二看三通过"。

一日，夫妇出行，上坡路口，红灯转绿，猛人口念"坡道起步口诀"，启动三次，熄火三次，后车喇叭响成一片，欲离座椅担心车辆溜坡，欲理论无有对手，颈上青筋跳动，额头汗水溽溽。

妻劝道："无需如此，我来处理。"猛人不及阻拦，其妻急步奔至后车，一把拉开车门，喊道："你行，你去起步！我先替你按着喇叭！"

大 言

手握方向盘，猛人的脾气就明显见长，外加口中念念有词。遇到比他快的，骂"这么快作死吗？"遇到比他慢的，骂"这么慢会开吗？"遇到速度一致的继续骂："饢糠的蠢货，敢情是和我较劲？"

一日，十字路口遇红灯，急踩刹车，标志线处停住，尚未来得及庆幸，后面传来刮蹭声。下车怒问："怎么开的车？"对方反问："证儿是买的吧？"猛人挑衅："有种你开的再快些！"对方反击："有能耐你倒车过来。"唇枪舌剑，斗鸡一般，道路一时瘫痪，观者如堵，引来交警疏导，见无大碍，令追尾车辆离去。

猛人目送，双手挥舞，继续发飙，面对众人搁句狠话："敢惹我暴脾气，若不是着急上班，分分钟弄死你！"

转回头，见一围观者用手机拍照，赶紧制止说："不得侵犯肖像权！"围观者答："别激动，帮你拍下车型和牌号，等下班后，你去弄死他……"

俗语七题

细思极恐

钱不是问题，没有钱才是问题。在身后，生活狗一样连吠带咬。猛人深知厉害，立志俭处入手，积少成多。

网络上广泛咨询，办公室内外深入研讨，检讨日常行为，终列不应支出若干、可降支出若干，又协商夫人，盘点剩余物资，杜绝网络购物，并公示于微信朋友圈，以求广泛监督，引来大堆点赞。

旬日，同事问效果。猛人答："一则以喜，一则以惧。"同事不解，猛人详细解释："喜的是媳妇终于戒掉网购之瘾，爱惜物力，废旧物品皆尽所用。更兼胆识过人，一电子灭蚊灯多年未用，为不浪费，夜间开纱窗睡眠，因蚊虫叮咬，我风寒感冒头痛咳嗽，她坚拒医生，自行搜罗形状颜色大小不一药片五粒，令我一口吞下，半日时光时冷时热，今日始得平安。"

同事插嘴道："卓有成效。"猛人复摇头答："也有担忧的地方,昨天她又给我买了巨额人身保险,忽记起喂药时她道'吃了就好了',心中兀自惴惴不安。"

为你好

吃香的喝辣的,厨房就是天堂。如果有上帝,猛人认为他应该是高帽雪白的厨师长。

饕餮之外,猛人缺少烧炸烹煮的手艺,故常逛菜市场,聊过干瘾。瓜果蔬菜顶花带刺,鸡鸭鱼虾活色生香,更有一美女临街开店,卖猪肉多年,嘴甜面善不说,尤为稀罕的是,操刀一割,斤两不差,人赠外号"温柔一刀"。

买卖既久,渐熟络,好奇心驱使,闲谈"一刀准"诀窍所在,且问:"莫非十年磨一剑,功到自然成?"美女笑答:"非唯手熟,且须识人。君子之人少有计较,帅哥就多给点。"

猛人心暗喜,交钱,提肉归。行百十步,不自信,找水果摊称量,不惟不多,且少半斤。急返回,置肉案上,质问缘由。美女徐徐答:"尊称你帅哥多年,不意竟行如此龌龊之事,似你这般,人长得丑,再不减肥,如何找到女朋友,短斤少两,还不是为你好?!"

往好处想

夜晚停电，四望寂然。二人世界，猛人夫妇默然坐片刻，论家国大事，又及二胎。先互夸彼此优点，又计较生男生女，声音渐高。

猛人道："男女倒是不拘，只要不似你这般固执就好！"妻亦回怼："更不能像你，没相貌没才华，只有脾气！"猛人急，追问："那你到底希望像谁？"妻道："像谁，我自个知道就行，这是个秘密！"猛人无语气结。

次日，赴丈母娘处诉冤屈。丈母娘听罢，摆手道："蝈蝈腿大的事儿，也值得争执？凡事儿得往好处想，家和万事兴，保密也有道理，真告诉你像谁，你们打起来不就麻烦了？"

哪里跌倒哪里爬起来

夏日乘车，前有养眼美女，屡回顾。猛人心大悦。几站之后，美女忽起立，嫣然一笑，施然下车。猛人目送，若有失。看前座，有一手机，急抓持掌中，隔窗而呼。女似不闻，径直去。

又过一站，手机铃响，猛人接听。乃女寻手机。猛人遂下车等候，数分钟后，女打的至。至则千恩万谢，并邀共进晚餐，聊表谢意。

猛人婉拒，女坚定道："诚不相欺，手机事小，然则隐私量大，且绑定银行卡，您行君子之举，我亦不可轻负情义！"

猛人乃从之，上出租车，七拐八转，见一酒店，灯光陆离，进包厢坐定，点菜品酒水，二人举杯，女酒窝微漾，示意："抱歉，稍候。"猛人额首。侯片刻，猛人心急。又半小时过去，猛人焦躁，喊服务生去卫生间催促，已杳如黄鹤。无奈结账，计消费2000元。

猛人归，愧愤交加。次日，诉诸友人。友人劝说："吃一堑长一智，亦无须喋喋如'祥林嫂'，岂不闻俗语，哪里跌倒哪里爬起来？"猛人点头，急添购手机。下班之时，乘公交，临下车，置一手机于座上，目送公交去，计一站地儿，用另一手机呼之，闻一女声答："您呼叫的用户已关机，请稍后再拨……"

你又不是不知道

保险起见，求婚之时，猛人大胆应承，工资全交，家务活儿全干不说，还外加了早请示晚汇报。

结婚既久，猛人日渐懈怠，三餐尽量喊外卖，衣服交给洗衣机。妻亦嫌繁文缛节，晚汇报改为点评猛人表现、兼布置明天任务。猛人不胜其烦，恨不得双手遮耳，更以"睡觉"搪塞。

一日睡前，妻吩咐："走廊灯忽明忽暗，灯泡该换了。"猛人漫应道："我不会电工，你又不是不知道，睡觉！"次日晚，其妻又吩咐："壁橱门松动，该修一下。"猛人回嘴道："我不会木工，你又不是不知道，睡觉！"数次后，其妻不复言语。

数日后，临睡前，猛人忽有发现，汇报其妻："灯和橱门似乎都好了。"其妻答："当然，隔壁王哥修的。"

猛人问："怎么感谢人家？"妻愤愤道："他让我给他整俩菜，我不会厨师，你又不是不知道……"

想得美

猛人偶遇异人，传授其磨刀手艺，并赠言可以衣食无忧。

猛人遂走村串巷，唱着"磨剪子哩戗菜刀"过活儿。一日，村中遇斑白老妪，将剪刀递与，猛人接手磨好，老者复讲究价钱。猛人赌咒道："手艺吃饭多年，若是有人比这价格还低。"老者儿媳妇闻声外出，见猛人说话，噗嗤出声，道："净想好事儿！

好奇心害死猫

妻喜网购衣物，订单之后，多咨之猛人。为呵护钱包计，猛人多以奇装异服对，其妻亦多做罢休。

以此故，取消订单颇多，网站客服遂致电问询，缘由明了之后，客服晓谕道："非服装另类，实是你家先生心态苍老。"并询问，如喝茶、健身、阅读名著、听昆曲、看美女、忆往昔，等等

不一。最后总结说:"征询意见前,可告知先生,好奇心是保持年轻的最大秘诀,如此定无往不利。",

其妻依计而行,果有效,又推而广之。凡事儿,猛人欲否决,则以好奇心怼之。猛人愤懑,取消戒烟限酒的养生计划,又时常做蹦跳之态,开电视就找动画节目,读书只看漫画类,又被讥幼稚。一日,下班回家,闷想好奇心之事,心不甘。依稀记得童年时,曾有大人言:不可口吞灯泡,否则进去容易出来难。心痒,欲一试,立即行动,比量嘴巴大小,找来大灯泡一个,估摸其妻将归,顺利塞入口中。

妻推门入,见猛人含灯泡而立,先惊奇,后责怪,再令吐出。猛人双手乱摆,以笔代嘴说明始末,且示之无能为力。其妻不信,又灌香油、抹肥皂,诸法试遍,终无招数。无奈,乃呼的士,看医生。的士到,司机见猛人双目圆睁,面目畸形,大笑不止,问详情,谑笑说:"好奇心害死猫。"

至医院,看医生,急诊处理。一小时后,猛人夫妇出,迎面与人相撞,细看,见的士司机口含灯泡,急急而入⋯⋯

惜物四题

躺着赚钱

小康时代，旅游渐成标配。猛人总结为看得更多、走得更远，夫妇商讨多次，痛下决心："豁出荷包，旅行一次！"

乃细作规划，查景点攻略，读防骗指南，预定房间门票，不一而足。诸事筹措停当，又网购高铁票。购票毕，细查列车表，发现另有普通硬卧，抵达时间与价格均一致，急改签，颇得意。

出行日，行半程，窗外风景既倦，妻怨路远疲惫，颠簸难眠。猛人急取安眠药两粒，劝其吞服。又道高铁之事，且细算计："虽时间票价一致，终是省却 400 元房间费，更何况躺着赚钱，天下难找这等好事儿！"

物尽其用

夏日来临，添置裙装完毕，妻又为搭配鞋靴为难。猛人遽往储物间翻寻，得高跟平跟、尖头圆头、高腰矮腰皮鞋几双，匆忙打蜡上油，摆放整齐，请妻审视。

妻瞥一眼，扭头欲走，且道："过时了。"猛人一把拉住，说："再想想，服饰千变万化，实不过遮羞保暖而已，既然过时，更要速穿，不然岂不更过时，此为惜物之道。"言罢，又速查古往今来、圣贤持家名言若干，"居家宜俭、守职宜勤……"叨叨不一，妻怒道："闭嘴，不买了！"猛人由是心安外出。

晚归，推门入，未见新添购物袋，释然而坐，问晚餐。妻答海鲜加米饭。猛人不满，道："天干气燥，我海鲜过敏，如何敢吃？"妻回应道："无妨，下午清理卫生，发现过敏药一盒，明天即过有效期，扔了肯定浪费，惜物之计，吃海鲜刚好。"

眼不见为净

猛人偕子晨练。其子内急，入公厕。出，告知猛人说："小便池中，有人遗落十元钞票一张。"

猛人拽其子如厕，果有钞票，附身细看，大部浸湿，惟余一角尚干燥，即便吩咐其子取出。其子不悦，更嫌腌臜，尿池中拣钱有所不值。猛人怒，翻口袋，再扔一张百元的，反问："这样总可以了吧？"又循循善诱，说："何况你们'思想品德课'还要家长签字。"再申明，道："凡事儿眼不见为净。"

其子遂一手捂鼻，一手翘兰花指，捏钞票出。父子行数十步，遇早餐摊点。猛人进一步现场教学，说："钞票无记号，凡劳动得来，就是干净的。现在可前去买包子几只，用来早餐，大票给我，小票找零部分你可自行支配。"其子颜色稍霁，利落买回。

父子一路无话。归家，猛人速洗漱，速吞两包子。见其子磨蹭，又喊其吃饭。其子摇头道："不吃了。"猛人问原因，其子答："方才，摊主接过钞票，貌似有疑，双手反复捻试，看了几次，又抓包子与我。眼不见为净，你没见，当然吃得放心；我见了，不敢吃！"

不合算

游乐场新增过山车项目，青少年争相体验，猛人子提要求数次，猛人不允，且道："60 元票价，嗷嗷叫数声，不值。在家对着墙喊也是一样……"

"六一"儿童节至，游乐场推出"欢乐家庭"游园活动，一家人共同乘坐过山车，套票优惠低至 40 元。猛人子再次要求体验。猛人略合计，欣然同意。

排队上过山车，各项卡绑，铃声过后，过山车时而爬高，时而陡降，腾挪翻滚，众乘客大呼小叫，甚至有呕吐者。猛人独一声不吭。数分钟后,依次下车,鱼贯而行。妻夸猛人说:"到底是男子汉,看你脸色蜡黄,终是没有惊慌。"

猛人答说:"关键不在这里。天气炎热,出门时,酱猪蹄放在餐桌上,回去该坏了,这次优惠不合算……"

急智二题

远 虑

天气嘎嘎的冷，太阳朗朗的照，大好冬日。院内向阳处，三五孩童叽叽喳喳，猛人远观，忆及往昔光阴，童心重生。

近前观看，乃孩子们赛弹弓。一楼空调外机上摆一玻璃瓶，轮流射，中则欢呼，否则齐"噫"。猛人点头，口诵论语"君子无所争，必也射乎！揖让而升，下而饮，其争也……"

观片刻，忽警惕，瓶子即在窗旁，极易误中玻璃。欲喝止，又恐扫儿童兴致，手拍脑门，思前想后，忽然记起注意力转移之法，遂喊："孩子们，我们一起老鹰捉小鸡吧？"孩童置之不理，猛人又喊。话音未落，瓶子旁边玻璃"哗啦"破碎，众孩童寂然，猛人敦敦教导："人无远虑必有近忧，下次要远离窗口……"

一孩童一手扯猛人手，一手将弹弓递与，打断他，说："谢谢叔叔，我们记住了，现在尿急，你先给我拿着……"

言罢孩童一哄而散,猛人一时茫然。房主人出,见猛人手持弹弓,怒斥道:"多大人了,竟行如此之事!"

深　意

工作日,繁忙之中,领导推门而入,同事们起立问候,呈众星捧月状。领导先是慰问,再强调意义,又布置重点。

众人微笑倾听点头回应,嗯啊做声,或作深刻领悟状、或作深受启发状、或作期待指示状。猛人忽然腹内气胀,稍活动,更觉不可忍耐,虑有声响不雅,乃以手拍案,同时放出。未来得及得意,一室已经寂然,众目齐视。

猛人迅疾开口,解释道:"领导讲话,大有深意,备受启发和教育,不觉点赞。"一众继续聆听下文,不意又有一屁赶来,声响更大,猛人脸色红,领导拂袖去。

职场十题

你说的是什么？

以终为始，新的一年，总结之必要，荣誉奖励之必要，明年打算之必要，拢在一起终于成了几个男人的、颇为考验前列腺的胡侃海聊。

猛人忍耐不住，洗手间放松，再回办公室门前，听到的是放肆的讨论。一人说，"我的不行，2分多钟。"又一人说，"我的更不行，3分钟多。"第三人继续接话说："猛人那个更差，反应极慢，听说就领导快，十几秒，不知何故？"

猛人闻言欲怒，转思当面发作不宜，且告知领导，请其主持公道。推门见领导，诉大家工作时间闲谈之事，领导唯唯。见领导不感兴趣，复言何人几分钟，领导十几秒，领导急止之，说："成何体统！"

迅即找来三人当面质询，先强调功德良俗，斥责"三分钟、十几秒……"体统。三人面面相觑，半晌齐道冤枉，又解释说：

"无他,电脑开机时间长,我们讨论如何优化文件系统,提升工作效率而已。"

领导面转羞赧,扭头看猛人喝问道:"乱七八糟,行与不行,3分、2分、10秒,人家说的是什么,你说的是什么!"

有大用

毕业即无业,猛人四处打工一年,尝得人情冷暖,复归乡里,多方求职,谋得文员职位。

父母教诲"流自己的汗、吃自己的饭、靠天靠地靠父母不算好汉"。猛人亦暗自立志,付诸实践,冀命运女神垂青,赢得伯乐识珠慧眼。

一日,果有文案任务,三易其稿始成,小心翼翼敲门,蹑手蹑脚呈送领导。领导略一看、频点头,口中赞:"不错、不错,年轻人好好干,日后定有大用!"

猛人激动,此日起,天天早来晚走,以求留得深刻印象。偶然经过领导办公室,闻同事小王声音,门缝中觑得真切,领导点赞小王:"不错、不错,年轻人好好干,日后定有大用!"

回头细思,猛人颇生醋意。自此,暗将小王视为竞争对手,样样抢着干,果然,领导又夸了猛人两次"有大用。"

又一日,走廊遇领导与门卫老张共话。猛人肃立,领导边接过老张手中的一摞报刊,边说:"不错、不错,年轻人好好干,日后定有大用!"

猛人大惊，以为又添竞争对手，领导走远，忐忑试探老张："刚才领导说你年轻，有大用呢……"老张闻言微笑："这你也当真？那是他的口头禅……"

他山之石

友人小聚，细谈职场体会。猛人悟真谛为："酒香也怕巷子深，情商智商都重要。"又请教沟通之法。其一答："也无定规，他山之石，可以攻玉，家中老小皆可媒介，熟悉之后，主动帮助买米买面，抗桶水、换气罐，自会增进好感。"

猛人闻言击掌，说："得之矣，部门领导恰有小儿，颇可爱，明天就买遥控汽车送去……"

后数日，猛人复邀友人相聚，沮丧告离职消息。朋友惊问缘故。猛人道："实是无奈之举，活命要紧。"后细述经过："先是送遥控汽车于小儿，领导付了费用，然小儿极欢喜。感觉过意不去，又与小儿约定，下次家中煤气罐空，则速告知，定再携变形金刚前来。再后来，次日闻说，领导家人煤气中毒，邻里传言，小儿淘气偷偷拧开了煤气灶开关……"

轻与重

领导家小女,乖巧可爱加嘴巴甜,幼儿园之余,常在单位玩耍,诸人多逗弄嬉戏。

知其喜欢小动物,同事某,送小白兔一只。小女孩视若珍宝,命名"如玉",又爱屋及乌,对某青眼有加。猛人甚艳羡。欲再送小兔,恐人笑"东施效颦",欲无视,心终不甘。

一日,小女又来,猛人近前,问小兔吃喝拉撒、坐卧行走。小朋友脆声回应。又说爸妈欲外出,担心小白兔无人喂养。

猛人闻言大喜,自道父母居乡间,青草蔬菜、蚂蚱蝈蝈样样俱全,定能妥善管护,暂为喂养。恰有乡亲前来,遂立说立行,至其家,取白兔,置篮中。临行前,猛人再反复叮咛:"稀有种类,品质优良,宜多青菜,少杂草……"

旬日,领导归。猛人请假返乡。进门,见父母,开口就问:"兔子怎样,多加青菜没有?"其父答:"路途遥遥,兔子虽小,孝心领了。但青菜不行,我们用的是萝卜,虽说珍稀品种,滋味与其他兔子一般无二。"

猛人顿足,概言来龙去脉。其父母亦急,速去邻居家找来白兔一只顶替。猛人嫌模样不俊,体重不合,怒斥父母愚昧。邻人见状,直言道:"还记得割草喂兔,卖兔子交学费不?小者轻,大者重,自然之理,兔岂能言?轻重者,君心也!"

避　雷

　　科长下午上岗迟到。办公桌前坐定，不顾颜色酡红、酒气扑面，即调度诸项工作，并令猛人详细记录。

　　记录毕，又令诵读。诵读毕，再令修改。如是反复十数次。猛人欲发作，念领导颜面，欲遵指示，则修改似无穷尽。同事出主意，"可将记录逐份打印，供科长自行斟酌。"猛人逐一打印，层叠呈案，诸事方休。

　　次日晨，科长上班，见桌面文案，有诧异之色。问原因。猛人上前述始末。

　　科长自道惭愧酒后无状，并请猛人谅解。猛人受宠若惊，连道不敢，又宽慰说："饮酒之后，不忘调度，可见敬业；反复修改，细致方休，可见用心；且文章不厌百回改，如此，正是我等学习的好机会！"

　　科长色缓，以手拍猛人肩，夸说道："年轻人素质高！"说罢，似不放心，追问一句："真心不介意？"猛人立马手拍胸口，答："光天化日，句句属实，如有半句假话，天打雷劈！"科长颔首……

　　午休时间到，同事互约餐厅就餐，猛人推辞，说："晚上再说，午餐晚餐合二为一。"有人强之，猛人怒而诘问："天色阴霾，你能借我避雷针？"

有话好好说

创文明城市,做文明市民。科长表态说:"先从好好说话做起。"又进一步阐释说,因为在意,话语才有力量;因为关心,语气才有意义。最后强调,好好说话,冷静但不冷漠,坚定但不坚硬,尤其要开诚布公,真诚赞美,下班回家,迅速行动,先做练习。猛人奉为圭臬。

一日晨会,科长脸现挠痕。同事问缘由,科长略有愧色,又清清嗓子,强硬回答道:"昨夜进行有话好好说的第一阶段,我向夫人坦白了前女友。"略一顿,又说道:"这有啥好笑的,万事开头难。干脆现在进入第二阶段,真诚赞美,从赞美我开始。"

一同事看科长一眼,忍笑低头,答:"科长胆子真大,我得向您学习。"另一同事,看科长脸,捂嘴道:"科长为人真诚,不惜代价,是真男人。"轮到猛人,挠头几下,欲言又止,科长固强之,猛人无奈说:"那么多人,一一道来,科长记忆力真好!"

先入为主

猛人请假三天,递请假条,上写"丈母娘阑尾炎犯病,陪床治疗"。

科长审阅,沉吟道:"巨不靠谱,去年你请假多次,次次都是这个理由。记得最后一次,你说丈母娘狠狠心切了阑尾,同事们还凑了份子,去医院做了探望。"说完又抖手中请假条说:"撒谎先得自己信,然后才是说的别人信。毫无疑问,人不可能有两条阑尾。撒谎也就罢了,没创意也不说了,更可恨的是你连撒谎都不用心!"

猛人立马驳诘:"您不能先入为主啊,医学规定人只有一条阑尾,可是没规定人不可以再换一个丈母娘。"

科长半晌无语,吐口气,缓缓道:"你厉害,半年功夫就换了媳妇!"

猛人再摆手说:"还是先入为主,不是我厉害,其实是我老丈人厉害……"

低　调

搔首踟蹰,起坐半晌,屏幕上仅有文字数行。无奈,午休加班苦战。下班前,猛人匆忙写就,再交同事帮忙校对,并扭捏说:"注意保密哦,千万别让科长看到!"

同事点头,说:"真是君子之风。别人干工作,恨不得替领导挽起眼睫毛,生怕他人不知道。你中午加班,还偷偷摸摸的!"

猛人道:"嘻,领导看了肯定安排返工,你来写啊!"

高　手

"空谈误国，实干兴邦。"猛人深刻理解，立志成为"经济实用理工男。"按图索骥，购工具和书籍若干，学习实践结合。苦练数月，更换灯泡、开关数个，拧紧水龙头两次，皆顺利。

自是，以为凡事儿亦不过如此，看懂书上原理，即可手到擒来。亲朋邻里包打听，只有物件不敢坏的，没有物件他不敢修的。维修的手段，也算是传统功夫，一靠拍、二靠拆，实在不行就送售后服务。纵观成果，也有蒙对的，也有拆后组装多出零件的。每每遇到售后人员，师傅必对猛人翘大拇指，表扬说："高手!"又叹息："现在动手能力强的男人真正不多了!"猛人甚自得。

一日，办公室打印机页面摸糊，同事申报维修，售后道："简单问题，或可自行清理，这样省30元上门服务费，还不费时间。"

猛人闻言急道："我来!"迅疾开合数次，又取硒鼓，连击三下，重新放入，再启动，竟无反应。复申请，说明情况。片刻功夫，售后至，猛人好奇问："何不速来？"售后低声答："先拍坏，再售后，这样我们赚的更多……"

水到渠成

朋友一起，总免不了谈薪酬。猛人也不例外。闻道朋友涨薪，忍不住打探秘诀。

朋友道："这也简单，关键是要水到渠成，我就一招，先告诉老板要辞职，然后老板挽留，然后提薪水，屡试不爽。"猛人深以为然。

第二日，面见老板，谈贡献、谈成长、谈未来、谈环境，后谈行为学，并引申说："过去的行为，是将来行为最好的预言。"而后，提出辞职。

老板略沉吟，顺手举起桌面上的键盘，猛人一愣，老板笑道："不许辞职，单位是整体，就像这个键盘，每个人都好比按键，一个萝卜一个坑，一个也不能少！"

猛人感觉火候差不多了，遂直奔主题："其实环境也还好，就是工资低了。"老板拍手站立，悠悠而言："你说的也有道理，还是辞了好。"

猛人一愣，问："那键盘岂不少了一个按键？"老板笑答："其实吧，ESC 键本来就是退出，作用也不大。"

市场二题

了犹未了

持家之道惟勤惟俭。勤需劳累筋骨，不易；俭需省却口腹欲望，尤难。

猛人集多年经验，另辟蹊径，独在采办上下功夫。日用衣食之物，必货比三家，价格争竞再三，再较秤杆高下，避免吃亏上当。时日一长，小贩们渐相熟悉，彼此以与猛人交易为乐，若有所待，一日不见似不完满。

一日，猛人傍晚入市场，见果蔬摊前堆青、黄椰子若干。问候摊主，摊主手脚不停，接话道："傍晚人稠，顾不上说话，椰子虽是稀罕之物，但你是熟人，随便给钱即可，取走就完。"猛人掏出十元放摊主钱盒之内，众目睽睽之下，觉不妥，复打开钱包再追加五元，挑选一枚而去。回家后，恶补生物学知识，知椰子生于海南，又查询海南至当地的历程运费，等等，不一而足。

翌日清晨，猛人再到摊前，与摊主论道："青壳的是青椰，黄壳的是金椰,海南大概是3、4元一只,运费每吨1000元,折合一只6、7元……"叨叨未了,摊主答:"我不知道那么多,就是卖15元一只,赚个1元2元而已。"猛人闻言抚掌:"嘻,何不早言,害我一夜未眠,凌晨又浪费了一片安眠药!"

皆由心生

猛人欲购上衣,入服装市场,行数十步,见中意款式,取试尺寸亦适合。与摊主侃价,摊主示意看铭牌,见标价5800元,猛人慌忙双手将衣服挂好,转身欲去。摊主伸手阻拦,说:"何必如此着急,价格一是来自心理需求,二是来自心理定位。"

猛人请教,摊主详解说:"去年购买时甚合心意的衣服,今年觉得丑,这说明换季更衣是心理需求;顾客相中衣服可以砍价,这说明价格可以随心出价,你出个价即可。"

猛人闻言停步,试探问:"敢问心脏如何?"摊主笑答:"相当健康。"猛人嬉笑答:"那就好,打一折,一口价,580"。

摊主面露不悦之色,喝问猛人:"哪有这样讲价的!"猛人面色沮丧,转身欲去。摊主再追问道:"且慢,也问一声,你心脏如何?"猛人亦答:"如你一样。"摊主上前一步,紧握猛人右手,大声说:"附赠裤子一条,拿走!"

礼尚往来四题

谢谢惠顾

简·奥斯汀的《傲慢与偏见》中,第一句话就将"单身汉总想娶位太太",定义为举世公认的真理。既然是真理,猛人自然也适应。

当婚之年,新年之际,朋友介绍一美女,猛人一见甚中意。年后上班,未闻回声,心如猫挠,按捺不住登朋友门拜访。"新年好"问完。朋友即开口说:"算了吧,姑娘徒有其表,心眼小,眼眶子浅,你这么优秀,和她交往委屈了你!"

猛人闻言,急赤白脸,急辩解:"相由心生,上天既给与她美貌,定赋予她灵魂,有个成语叫秀外慧中,那些缺点肯定是装的!何况,萝卜青菜各有所爱,王八瞅绿豆,我觉得对眼了,你有什么权利棒打鸳鸯!"

见猛人纠缠,朋友半晌无语,忽起立,取饮料一瓶,咔嚓拧开,递与猛人,自己执瓶盖端详,口中反复念叨:"谢谢惠顾、谢谢惠顾……"再问猛人:"要不要去超市咨询是否中奖?"

猛人闻言哂笑,答:"看到第一个谢字,就该停止,如此了然,何必多问?"朋友点头,直视猛人道:"对了,对了,这就对了,还非得逼我说人家不同意?"

细节里面有魔鬼

同事某,待字闺中,见人多个,皆无果。猛人热心张罗,问条件,答:"要有型有才有车。"

不日,猛人觅得"白马"。酒店见面,颇为相得,学历相貌适合,又言有房有车有存款……见二人相谈甚欢,猛人告退……

次日上班,某殊怏怏,猛人打趣道"利刃不可近,美人不可亲。道险不在远,十步能催轮。情爱不在多,一夕能伤神。"某力白其无,并言甚不中意。猛人怂恿问:"难道房、车是假?"某答:"非是因物害人,实是情趣各异。"

再问,再答:"黑皮鞋竟然搭了白袜子。"猛人一时茫然,轻叹:"真是细节里面有魔鬼。"

后数年,"白马"怀抱幼子去猛人单位,某见其昂然而来,不觉出言问:"你的腿不瘸了?""白马"诧异,交叉单腿跳跃答:"一直好好的。"某复追问:"初次相见,起身何以歪斜?""白马"笑言:"久坐腿麻……"

胆小不得将军座

窈窕淑女，猛人追求多日，未尝一假辞色。又闻尚有他人竞争，遂萌退意。舍友知晓，一齐激励说："火到猪头烂，这关节，拼得是耐力，宜坚持。"

适逢"情人节"，又共谋节日攻势，并用猛人手机发出晚餐邀请。片刻功夫，即有回复铃声，猛人惊喜，抢过细读，面露难色。舍友围拢观看，乃竞争对手的"挑战书"，欲与猛人去河边一决雌雄。舍友更为猛人打气："胆小不得将军座，此乃'胆小鬼游戏'，不敢应战就输了，届时众兄弟为你站场，怕他怎地？"

晚8时，一行准时到场。舍友一色军大衣、绒线帽保驾护航。为形象计，猛人西装衬衣领带皮鞋。是日也，高空滚滚寒流急，河面冰封如镜，北风劲吹中，猛人搓手跺脚，等待至9时、10时、11时，对手竟杳如黄鹤，众人认定："对方认怂，猛人胜出！"

夜半，猛人高烧，次日看医生，确诊为重感冒，住院治疗。一周后猛人出院，追问对手何以爽约，答："主要是胆小，次要是淑女约看电影……"

办法总比困难多

周末晚，一家人齐集沙发，开展家庭传统娱乐项目——看综艺节目。恰有众演艺人等,轮番表述求爱细节。

妻边看边感叹:"白菜总是被猪拱了。"又羡慕说:"有种老公是人家的老公,有个孩子叫别人家的孩子"。其子闻言不怪,又见男主角单膝落地模拟向女主角求婚,忍不住追问猛人:"求婚时没有这样单膝下跪?"

猛人喝口水,摇头答"没有。"其子失望,点头道:"难怪,为什么呢?"猛人背向后仰,靠沙发,道:"其实吧,我是双膝跪地,还紧紧地抱住了双腿!"其子不解,问:"为啥?"猛人答:"为啥,都怪你妈,听了我的表白,她竟然撒腿想跑!"

小男孩五题

爱　心

小男孩逛公园，草地上发现三只蚂蚁，看了一下，把口中的糖吐出来，蚂蚁爬上去，一会儿蚂蚁离开，小男孩赶紧把糖捡起来，放在口中……

妈妈教育他说：你用糖喂蚂蚁，爱护小生命，应该奖一朵小红花。但是从地上捡东西吃不卫生。下次记住，地上的东西就不要再捡起来了。

小男孩，看看妈妈，回答说："不是的，你看那三只蚂蚁回去报信了，通知大队蚂蚁来这里搬运糖果，他们找不到，一定会把那几只蚂蚁打死的吧？"

角　度

　　小男孩陪妈妈拔牙。麻药过后,妈妈开始喊牙痛。小男孩爸爸安慰道:"坚持会儿,等过几天就不再疼了。"

　　小男孩想想,跟着说道:"是呀,妈妈,牙拔了,你现在应该感到高兴才对。"

　　听这话,小男孩的爸爸妈妈愣愣地望着,小男孩接着说道:"当然应该高兴呀,今后每天刷牙时都可以少刷一颗。"

良好动机

　　为养成早睡早起的习惯,爸妈天天喊起床,小男孩很不情愿。

　　一天清早,小男孩又被喊起来,拖拖拉拉地陪着奶奶去菜市场。回来时,小男孩兴高采烈,表决心,说"今后天天早起,陪奶奶去市场。"爸妈惊问原因,小男孩答:"菜市场人都夸,小帅哥真帅,奶奶听了很高兴,我得让奶奶继续高兴!"

等风与追风

　　小男孩和爸爸赶年集，爸爸给他十元钱，告诉说："拿好了，散集后，给你买好吃的。"小男孩点头。

　　临近散集，爸爸向小男孩伸手要钱，小男孩欲哭，说："刚才一阵风，钱被刮跑了。"

　　爸爸摆手说："等风来不如追风去。钱丢了小事儿，关键要善于反思、动脑，钱可以找回来。比如说，我们可以再让风把钱刮跑一次，循着风就找到原来的了。"说罢，掏出一张 50 元的，静等风起，钱随风去，转眼即逝，父子二人，寻觅半晌不得，怅然归。

两面理

　　小男孩淘气挨揍，哭泣。爸爸边揍边说："男子汉大丈夫，越哭越挨揍，不哭就不打你了！"

　　又一次淘气，又挨揍，小男孩硬忍着没哭，爸爸说："还挺倔，不哭揍死你！"打哭方休。

报复四题

恶人还得恶人磨

猛人上班，终日恹恹，一改生龙活虎模样，问原因，答："无他，邻居豢养一大型恶犬。"同事同情，道："的确，大犬可怕，且吠声扰民，影响睡眠。"

猛人摇头补充说："积日成习，犬吠倒可忽略，可恶之处在于，清晨必到我家门前大便……"同事揶揄道："这就是'狗屎运'，想必也是习惯了。"猛人继续说："本来也有习惯了的意思，奈何一日心生好奇，趋前闻了一下，细思极恶心，乃至夜不能寐、昼不能忘，旬日不知肉味了……"

同事笑，提建议若干，保证破其烦闷，如：交流抗议、砖击恐吓、张贴提示……种种不已。见猛人摇头，有人再出一计，"以其人之道，还治其人之身。"挑唆猛人，趁风高月黑、夜阑人静之际，亲自到邻居门前遗大便一泡，出口恶气，且以警示。猛人细思称善，恨恨点头说："恶人还得恶人磨，我也不是吃素的！"

次日清晨，同事接猛人电话，要求代为请假。问原因，猛人哭答："半夜三更，憋足屎尿，脱了裤子，没想到他家恶犬竟是散养的……"

终是劳碌免不得

婚姻是所学校，太太是学校校长。

结婚以来，猛人时常感念太太的恩德，将一个衣来伸手、饭来张口的自己，改造成洗扫抹汰全会、煎炸烹煮皆能的多面手。虽感恩，猛人也有偶尔偷闲的时候，比如说，谎称加班，偷偷与朋友下棋打牌侃大山之类。每如此，其妻必诟詈不止，以至于拳脚相向。时间既久，多有朋友劝其"勃然一击、以振乾纲，"猛人亦深以为然，并允诺定要付诸行动。

一日，故态复萌，与朋友玩耍，日过中天，惧妻盛怒，遂邀朋友相伴，匆忙赶回。至家，其妻果然做河东狮吼，一脚踹出门外。朋友双手攥拳示意，猛人遂就势卧倒，满地打滚。朋友见状，急忙遮拦，并劝道："嫂夫人虽是不妥，然粉拳秀腿，能有多少苦痛，且做如此不雅状，能抵何用？"猛人边翻滚，边说道："老兄有所不知，虽然打不过她，衣服少不得由她洗！"

你的掌声在哪里

猛人做厨师,浸润数年,练就烤鸭技艺,整只外焦里嫩自不待言,鸭腿香酥可口更是一绝,"回头客"再至必选。店主人遂以烤鸭腿为"招牌菜。猛人亦以此为重,多有涨薪暗讽,无奈店主支应左右言他。

一日,店主人请客,并嘱之说:"拿破仑有言'请客菜要好。'今日贵客临门,油盐酱料不吝,只要让其吃到震惊,定需拿出真功夫!"猛人诺之。

客人到齐,请上座,敬香茶,进烤鸭。一座食指大动,皆称善,更有客人细数鸭骨,问:"美则美矣,然大蹊跷,烤鸭何以都是独腿?"主人微怔,猛人抢答:"此地鸭子仅有一腿,乃鸭腿至美的不传之秘。"

客人称奇,主人不满,直道猛人撒谎。猛人不作辩解,但请一众移步,现场验之。出店门不远,果有群鸭,单腿独立,于柳荫下乘凉。

猛人开口道:"莫道虚诳,众位眼见为实。"店主人不答言,但抓秕谷一把顺风扬去,又双手连续击掌,口中赫赫有声,群鸭争奔而去,二腿齐显。

店主人再转头盯猛人质问:"如此,还有何话说?"猛人答:"还不是因为你鼓掌了,如许多年,我的掌声在哪里?"

有品味

关于金钱，猛人自诩是个看得穿的人，嘴边长挂一句话："钱是王八蛋，用了的是钱，不用就是一张花花纸。"真要用钱，又强调"好钢用在刀刃上。"外出旅行，必手机、相机一起上，不把美景拍尽不罢休；酒店用餐，必频呼服务员端茶倒水，方可称心，稍不如意，即捶几敲凳。其妻揶揄说："吃饭时不把服务员搁锅里炖了，外出时不抓把土回来，就算是枉花钱！"

夏日傍晚，其妻安排猛人下厨，猛人道："太没品味，盛夏溽暑，何不外出就餐？"二人合计再三，考虑中午食欲不振等诸多因素，确定自助餐大吃一顿。至店门，见招牌，其妻复踟躇言道"颇贵！"猛人接道："可以穿金戴银，但却很难买来气质；可以吃到肚儿滚圆，却难以满足品味。价格莫论，我自有妙计！"

就餐完毕，酒食溢到脖颈，猛人扶墙先出。其妻结账，服务员报道"餐费每人100元，少了两把带LOGO的汤勺，需赔偿200元，共计400元。"四围找遍，不见汤勺踪影，无奈付款，盛气出门，猛人问餐费，其妻怒答："400元！"猛人咂舌惊叹："这么贵！"又窃窃而言："幸亏我顺手拿了两把汤勺。"其妻闻言爆喝："你真是太有品味了！"

管理五题

茄子把

厉行节约，重在落实。为此，同事们纷纷提出建议意见，有倡导双面使用打印纸的，有倡导合理控制室内温度的。

猛人独辟蹊径，建议餐厅节约食材，并举例说明："'茄子把'撕掉尖刺，清水洗净，盐水浸泡，去除青涩，沥干水分，或煎或煮，口感亦佳，细细咀嚼，大有'凤爪'滋味，亦不可随便丢弃。"

自此始，每到饭点儿，厨房师傅必是菜勺翻飞，将菜盆中的茄子把尽纳猛人盘中，并着重强调："知道你爱吃'茄子把'！"

汽车胎

猛人与同事喝酒、"搓麻",以消溽暑长夜。东方既白,一色乌眼猴青,哈欠连天。猛人启动吹牛模式,与同事相约:各自回家打个懵楞,晚些时候,一同上班,勿虑打卡考勤,届时我自有主意。

9时30分,四人依约定整齐到岗。领导怒问何以姗姗来迟?猛人镇静作答:"无他,今日我接送同事们上班,途中汽车爆胎。"

领导略思忖,转身找来四张白纸,令四人各取其一,吩咐道:"分别写下爆胎的时间、地点和具体是哪只轮胎……"

十字绣

天气炎热,工作繁忙,猛人不由得肝火上升,心浮气躁。入深山,觅大师,求高着。大师指点迷津,谈及"葵花宝典",猛人面有难色,大师道:施主理解错了,只是请你修习女红,磨练心性而已。

猛人归,购8平尺十字绣底图一副,置办公桌一侧,每有怒意,则取过飞针走线一番。初,领导与同事们似有啧言,猛人亦颇愧疚。既久,众人习以为常,猛人亦变"工作之余刺绣"为"刺绣之余工作"。半年功夫,一副"清明上河图"居然栩栩如生。

扎完最后一针,猛人甚是自得:"修身养性何难,一幅十字绣下来,物我两忘,宠辱不惊矣。"话音甫落,领导一把扯过十字绣,说:"根据公司规定,上班时间不得干私活儿,十字绣没收。"猛人晕。

手气好

单位评选"先进",6员大将,1个名额。先述职、后测评,结果不相上下。头儿脸色微红,再三征询意见,众人大眼瞪小眼,静默无言。

猛人反复起欠沉吟,举手发言道:"既是如此,不如猜硬币定输赢,先进与否全凭手气。"众人以为然,硬币桌面旋转,众人大喝正面反面不已……片刻功夫,诸人败北,仅剩猛人与头儿一决胜负。

头儿缓缓而言:"猜硬币的方法为猛人提议,为公平公正起见,我抛他猜,猜中即赢。"众皆鼓掌。头儿遂将硬币抛掷半空,凌空抓取,拍至桌面,众人注目,猛人未及开口,头儿又道:"还得补充一点,喝雉呼卢终是不成体统,且正正反反、反反正正,一点技术含量也没有,不如改猜一下年份,猜中了,'先进'即归猛人……"

子率以正

为严肃工作纪律,科长宣布,工作日禁止饮酒,违者罚款百元。又征求众人意见,诸人不语,猛人起立,道:"这也简单,喝酒误事,容易理解,不过该从领导做起。"又引经据典:"政者,正也。子率以正,孰敢不正?"科长合掌称善。

后一日,餐厅就餐,同事某提出天气炎热,何不少饮啤酒以消暑气,又举例说:"新娘不是娘,啤酒不算酒。"猛人以为然,各饮两杯,嚼蒜两头,完事。出餐厅门,适逢科长。科长盯猛人道:"违反规定了吧?"猛人自恃啤酒两杯,脸不红,腿不颤,力辩其诬,并要求科长细闻口气,以验证。科长急以手掩鼻,道:"不用这么麻烦,没事儿走两步,大步流星。"众人围观,猛人迈大步、昂首挺胸,自喊口号:"一二一",十数步,又立正,向后转,复沿原路径返回,问科长,道:"步子大不大,线路直不直?"

科长点头微笑,道:"相当直,罚款先缴了。还不承认喝酒了?众人皆可作证,W不是直线型!"

职场轶事三题

警　告

　　集体出游,猛人负责看管午餐。好玩有趣的活动多,猛人按捺不住,置食品于度外,忘我投入活动。两小时后,忽记自身职责,回视,食品箱已经开封,窘。急觅白纸一张,上书友情提示:"不得私自取用,否则将根据包装箱上的指纹追溯责任。"张贴于食品箱上,略一端详,满意离去。午餐时间到,再返回,食品箱不见了……

汇　报

　　前辈提醒猛人,领导是资源供应商。欲顺利开展工作,赢得领导支持是关键;欲赢得领导支持,汇报是关键。汇报是大学问,"时间、地点、人物、事件、原因、结果"诸要素需齐全,火候儿要拿捏的精当,困难的事情瞅领导高兴时说,成绩瞅领导空闲时说,失误瞅领导忙乎时说。

猛人仔细揣摩,联系实际,一试身手。临近下班,推门进领导办公室,先工作后生活,先同事后社会,拉拉杂杂,条分缕析两个小时。领导几次欲离开,猛人坚不允。无奈,领导打断说:"今后我就只说你干得好行不行? 你就让我下班吧! "

意　见

"汇报门"之后,同事们将猛人的评价口径统一为一个字"颠"。猛人风闻,不爽。找领导征求意见:"领导,同事们私下说我有些'颠',您怎么看? "领导沉思半晌,回答说:"我同意大家! "

循循诱导

　　小儿放学晚归，闷闷不乐。饭桌上，诉缘由，道是与同桌打架，被老师留校教育。猛人妻乃循循诱导，先谈上学目的，再说同学情义，三说老师好心；又引申说，如果继续打架，长此以往，不仅学不到知识，还会变成坏人，被警察抓去……

　　叨叨半天，小儿似不为所动，妻以脚暗踢猛人。猛人意会，制止说："知错就改，善莫大焉。饭前不宜教子，免得影响孩子胃口。小时候，我也经常因打架被老师留校。"想想似乎不妥，又警告小儿说："这事儿就此打住，今后不要再提了。记住，可不能因此记恨老师，去砸办公室玻璃！"

　　第二天放学以后，小儿归家更晚，猛人问原因，答："砸玻璃被老师抓住了……"

惜物四题

还有一条

　　猛人每自矜夸，虽非大富大贵，亦非家无长物。用来举例的是一镇纸，材质据说是鸡翅木，其上更镌刻一联："名画要如诗句读，古琴兼作水声听。"

　　又不习唐诗宋词汉文章，久疏笔墨纸砚，镇纸无可大用，常常置掌中摩挲，日久天长，纹理毕现。每与妻子争论，无语之时，必拍镇纸于茶几，无他，以壮声色耳。妻子习以为常，视为黔驴之鸣而已。

　　新年来临，猛人多方申请，获准动用家庭积蓄购买手机一部。至家，开机，果然清脆音效，艳丽色彩。心方大悦，其子归并小心禀报考试成绩，猛人看试卷怒，顺手拍茶几。拍下即觉声音不对，细看乃手机也。

　　急查看，外观虽完好无损，然无光影讯号，又手摇掌击，罔有效果，长叹一声："命薄如此！"以手机为新购故，为惜物计，其妻劝其申请更换,并嘱与其子一同前行,以为例证,又言童言无忌,易获同情也。

猛人以为言之有理,遂携其子同去经销商处。途中反复要求,勿提及手机损毁原因,其子频点头。

至经销商处,猛人大倒苦水,又征其子证明,小儿唯唯。经销商慨然应允,更换新手机一部。为进一步证明非人为因素损毁,猛人又请服务人员讲解注意事项。

听罢讲解,猛人致谢,欲拉小儿离开,小儿摇头,对服务员说:"叔叔,注意事项还得加一条。"服务员诧异问,小儿急急答:"千万不能用来拍茶几!"

别浪费了

夜读《朱子家训》,猛人心潮澎湃,顿生修齐治平意气。黎明即起,惜无庭除可扫。"叮当"片刻,其妻不耐,恶声驱逐说:"扰人清梦,可恶之甚,速去园中行走!"猛人闻言收敛,蹑手蹑脚出门。

下楼,似有人站立,近瞧细看乃邻居某。问候毕,邻居道:"似这等雾霾天气,实不宜出门散步,况雾聚空处,前面更是影影绰绰,手持百元钞票楞看不见他老人家。"

猛人遂逡巡不行,欲攀谈扯淡,捱过光阴。周身打量,见某手持一根绳索,决定以此为由头,开口赞道:"到底是老兄惜物,这等天气,还捡一绳头儿。"某忙抿擞手中绳索,道:"坏了,本是遛狗,定是走失了,得急去寻找!"

猛人闻言,一把扯住,劝道:"如此大雾,哪里找去,不如罢了,绳索给我,免得浪费。"邻居不解问:"你要这绳头儿有何用?"猛人恨恨答:"定有用,我急需持此物,喊媳妇同去散步,别浪费了天气和绳头儿!"

信不信由你

美女同事某,择期乔迁新居。众人祝贺,喧嚣之后,猛人深沉说"我有一言,或胜珠玉。"某首肯,众人侧耳,乃建议家具DIY,网购到家,动手组装之意。某犹豫说:"我家良人性颇不耐,且久疏手工,恐不妥。"众人齐举例证明,自己动手,易如反掌。猛人筹划遂被采用,高兴之余,频频问询。

旬日货物到家,旬日组装完毕,旬日吉时乔迁。

又旬日,某向猛人抱怨,省则省矣,然质量不能保证,尤以衣柜为最,新居距铁路不远,每有列车鸣笛,衣柜"咯咯"作响,向卖家征询,彼坚称非质量问题,真真无可奈何,悔青肠子!

猛人闻言颇有愧色,讪讪道:"不意商家如此。"又细分析说:"既无质量问题,当是衣橱与汽笛共振所致,明日愿上门维修,当能手到病除。"

明日,猛人与某提前一小时离岗。至某家,除外套,找丝锥、榔头未已,忽闻敲门声。某急道,貌似先生提前下班,为避免嫌疑,委屈猛人暂藏身衣橱,略避锋芒,再作计较。

猛人依言慌忙而入。喘息未定，有火车汽笛嘹亮而过，某先生惊奇道："这次咋没响声？"随手拉衣橱门，猛人斜滚而出。先生大惊怒，质问何人何事何因何果，猛人解释道："信不信由你，衣橱藏个人就不响了。"

能赚更多

结婚纪念日临近，饭后小憩，妻闲论同事某，举例说："媳妇生日，用500元买人造宝石的项链，又烛光晚餐、又鲜花，哄得高兴，报账说项链5000元，左手倒右手，某竟轻松落得4200元的私房钱。"

猛人琢磨言外之意，急忙表白道："夫人放心，你这是给我举例子，真真'宁信世上有鬼，也别信男人那张嘴，男人说话算数，母猪都能上树'。我一定引以为戒！"妻桀然一笑，缓道："不是这个意思，倒觉得他足够机灵。"猛人颇不屑，随口接话说："机灵也未必，要是我，能赚更多。"

其妻闻言一怔，转色直视，猛人自觉失言，进而补充说："要是我，就将落下的4200元全部买上意外伤害险，然后再告诉你真相。"

礼仪三题

一遇周郎误终身

猛人相亲，数次不成，颇苦恼。

咨之已婚女同事，同事说，女生感性，一遇周郎误终身，爱上一个人，也不一定非是华堂高屋，雕车宝马，一个不起眼的细节，一个小小的举动，就能令人沉迷。有一次同学们一起看电影，男生们嚼着口香糖，她捧一桶爆玉米花请大家吃，其他人都将口香糖吐在地上，唯有他将口香糖吐在纸巾上，再用干净的手指叠的方方正正，那一秒，自己就认定这个礼貌周到、细致耐心的男人，足矣托付终生。

不日，猛人再相亲，同事嘱咐，牢记细节。猛人点头。翌日，同事问结果，猛人摇头道："为你所误"。细究原因，猛人再道："一切如你所言，到包口香糖之前，一切顺利。吃完爆玉米花后，我将口香糖从纸巾中剥出，放入口中，她就走了。"

低　语

买彩票多年,赶上遭雷击的概率,猛人偶获奖,友人齐贺,且劝及早消费,莫被钱财所累。猛人夫妇深以为然,打算许久,买车太普通,买房钱不够,最后决定,雇一保姆,享受一下有钱人的生活。

多方物色,付订金,签协议,约定时间,保姆上门。猛人请治菜肴,朋友们自带酒水,登门体验。觥筹交错,起坐喧哗,宴饮完毕,众人总结评价,小保姆模样周正,身段利落,待客热情,美中不足是嗓门太大,礼数不周。

送客罢,猛人急呼小保姆,细教礼仪,尤以低声为要,并自创名言:说话声音大小与文明程度成反比! 小保姆诺之。

几日后,又有朋友约搓麻将,猛人之妻热情邀至家中,安排小保姆端茶倒水里外伺候,不觉夜深人静,小保姆呵欠连连,见"围城"正酣,乃小心翼翼走向猛人,附耳低语道:"您先忙,我先睡了哦。"朋友闻言窃笑,猛人之妻怒掀牌桌,聘保姆之事遂罢。

周　到

金风初凛,寒冬未至。猛人兴致忽发,遂骑电动车至河边,横一钓竿,聊作莼鲈之思。

移时，又有美女至，静观片刻，猛人心悦搭讪，谈王二麻子、李二狗，搭界之人颇多。既久，谈秋日景象，果实之丰、绚烂之美，秋阳杲杲、层林尽染、北雁南飞、天高云淡、金桂飘香、秋色宜人；兴致未尽，又大谈秋日诗句，枯藤老树昏鸦，无边落木萧萧下，秋水共长天一色，云连雁宕仙家……

猛人嘴角泛白沫，美女点头唯唯。话稠之际，忽有铃声响起，美女接电话完毕，与猛人道别，猛人平添惆怅之意，惋惜道："今后但有需要之处，定当尽力而为。"

美女闻言呈羞赧之色，说："独自出行，匆忙赶路，既如此，烦请大哥借我胯下之物一用。"

猛人惊，慌忙而言："是何居心？光天化日之下，如何使得？"美女继续道："虽是萍水相逢，但大哥一爽快之人，何必计较许多？"猛人脸色顿红，喃喃自语："既如此，恭敬不如从命。"复答曰："容我去树林边。"言罢起身，向河边林地急行五六十步，不闻女子足音，回头看，女子正骑猛人电动车而去，并挥手致意："谢谢大哥！"

经济七题

砍　价

宠物狗萎靡，频频脱毛。猛人入微信群咨询，或告之，盛夏苦暑所致，可去宠物店剪毛，又告知宠物店数家，价格不一，需侃价。

猛人抱犬至店，道原委，问价格。店主伸二指说："200元。"猛人谨记侃价之言，直接否定，且举例道："我理发才15元！"店主解释说："不一样，它不会说话。"猛人辨道："我可以翻译。"店主又说："宠物形状复杂，又不能剃光，费时费力。"猛人反问道："人脸岂有四方的？"几回合下来，店主急，吼道："人畜怎能相比，岂能如此侃价，狗能吃屎呢！"猛人亦寸步不让，大吼道："我也能，那就可以15元？"旁观者哄然，店主一愣，嘿然答："那你也得200元！"

熟　人

炎炎夏日,猛人替朋友看店,正午慵困之时,一大爷推门入,直指一瓶红酒。猛人取过,再竖直手掌。老者问:"熟人、老客户,能不能便宜些,200元吧?"猛人端详,缓道:"我只是代为看店,不认识你,怎是熟人、老客户?"老者说:"气温爆表,一路走来哪有生人?且我这把年纪,非老何谓?"猛人闻言拱手……

朋友归,猛人细述老者容颜,朋友摇头,表示不相识,且疑为砍价伎俩。猛人摆手答:"砍价倒未必,标价50元,人家给了200元。"

干　虑

猛人外出返程,至火车站,见牛肉面馆招牌大书"买一赠一",想日近午时,正可进餐,又默诵:"有便宜不赚王八蛋"。步入,问详情。服务员答,买一碗赠一碗,大小均可。猛人略合计,问:"既如此,买小碗,赠大碗,可乎?"服务员痛快应答,麻利上面。

小碗面尽,肚腹几饱,猛人再将大碗拖至眼前,筷头挑牛肉食之,复啜汤几口,心满意足,推碗欲去,不意服务员微笑劝阻,且以手示意,请观看墙壁标语。猛人高声读:"粒粒皆辛苦,向浪费说不;吃光盘中餐,不做剩男女。"读完,众目睽睽,无奈又落座,松裤带再三,打饱嗝数个,勉力为之,又十几分钟方完成"光盘行动。"

出门,急遽奔车站,三五步即觉腹内咣当作响,又急行数十步,更有胸闷气喘诸多征兆,念列车将至,强忍内急,蹒跚前行。取票毕,即闻停止检票通知。急至服务窗口改签。改签毕,略合计,费用足抵面钱,顿足叹:"智者千虑必有一失,运蹇之人竟消受不得一碗面!"旁边一人打断道:"先生,且慢跺脚,你裤子湿了!"

算　计

小城有名,名是名人。亦有小吃"炉包",攀龙附凤,闻名遐迩,小城内外、异域他乡,以此为业讨生活者颇多。猛人为其一。

赖家传手艺,靠货真价实,凭童叟无欺,好食者众,虽则辛苦,亦胜过打工收入。又名人品尝,总结特点,面皮雪白松软,托底金黄酥脆,包馅绿白相间如翡翠,一口下去,脂汁四溢,馋涎横流。又吟赞诗一首:"韭菜炉包肥肉丁,白面烙饼卷大葱。再来一碟黄豆酱,想不开心都不中。"由是小有名气,生意益隆。

一日,友人携子至店就餐。寒暄半晌,知求学异地,专攻经济,假期小住。猛人乐,殷勤致辞,反复求营销之道。学生不敌聒噪,踌躇道:"岂不闻供给侧改革?宜以消定产,可避免浪费,又可饥饿营销,增加利润。"猛人致谢,牢记。自是每日略减粮油米面储备。月余,果然食客减去不少,乃叹息:"读书之人,真有先见之明!"后半年,小店门可罗雀,关门矣。

手记:子夜时分,骤雨敲窗,雷声滚滚,连日燠热,片刻尽扫,夜已深,人未静,拈书一页,念水归胶河,案置翠皮红瓤西瓜一角,胡乱堆砌文字数行,努力做一食瓜群众,快哉!

诚　信

猛人患牙疾,初,隐忍不言。不日,疼痛愈重,嚼花椒、吞大蒜、扇耳光、砸脚趾头皆无效。乃痛下决心,看牙医,拔之后快!至医院,问费用,颇不低,心甚痛,频频摇头。候诊者出主意,集市有游医拔牙免费!

猛人大喜,奔跑至。咨之免费拔牙之事,医者道,先张开嘴。略观察,点头首肯,并详解拔牙之法:细钢丝一截,一头缠木橛,一头缠病牙,木橛置地上、钉牢,再用布条蒙眼,脚下放麻雷子一枚,悄然点上,嗤嗤几下,轰然一响,炮仗固然粉身碎骨,病牙也定然拔下,不足之处,唯血乎淋漓,略显野蛮而已。

猛人闻之沮丧,再商量文明办法,以便宜行事。医者伸二指,猛人击掌成交。半小时功夫,病牙落地。猛人呜噜道谢,又掏20元付费。医者摆手道:200元。猛人窘,解释没带那么多。医者挥手、大度道:"要做事,先做人;要做人,先诚信。钱啥时侯送来都行，来，再张嘴，我给你复查一下。"

猛人窃喜，匆忙归，进门急切张口，炫耀免费拔牙之事，且道："200元没门！"妻不信，捏脸颊细看，惊道："嘴里的那颗大金牙呢？"

世　道

入职之初，朋友借猛人千元，解燃眉之急。多年过去，若置之脑后，不再提及。猛人偶有挂念，欲开口，怕人笑；欲放弃，心不甘。

一日无事，思良久，谋一计，乃于夏日傍晚，邀朋友一聚。小菜几碟，肉串若干，啤酒数瓶，华灯初上，酒酣话稠，猛人再叙当年，相逢意气，少年壮志，月薪区区千元，依然视金钱如粪土。热闹之处，二人连连干杯，数杯之后，再看今朝，事业小成，生活小康，自身堪比如化粪池。朋友点头翘指，连连点赞。

谈古论今毕，猛人忽转话锋，直言当初借款之事。朋友略错愕，停杯投箸，长声叹息。猛人急忙安慰道，无须为难，不在一时儿。朋友摇头答："非也，实是叹息世道人心。想当初，月薪千元，贷千元与我，尚不影响你生活；而现在你夫妻月收入万余元，少我这千二八百的日子能咋的？真真人心不古！"

包　涵

电话铃响,猛人见陌生号码,犹豫接听,柔柔声音:"先生您好,恭喜您中 50 元大奖。"未及应答,对方即挂断。几分钟后,电话又响起,声音柔柔:"对不起,职场新人,请多包涵,应该是'恭喜您中 50 万元大奖',刚入这行,台词不熟……"猛人确定是电信诈骗,回一句:"忙着呢,别惹我!"顺手挂掉。

几分钟后,电话又打来,犹犹豫豫道:"不好意思三次打扰您,这确实是电信诈骗,天上不会掉馅饼,中奖是骗人的,我刚刚毕业,就业心切,被骗至公司旬日,没有经验,没有关系,一笔业务也没成,备受欺凌,欲偷偷离开,又觉得不能这么白白便宜了他们,头目允许用 5 万元作饵钓鱼,既然我们有缘,不如分了吧?"

猛人暗喜,佳人钞票似在眼前,手掐大腿,耐心问:"这么简单,能有好事?"女子回应:"简单也会有好事,卡插进去,钱哗哗出来,用银行卡取款不就是简单的好事儿?再说也有风险,需要你先打 2 万做样子,然后冒险打的来接我。"猛人速打款,再打的,再打电话问目的地,对方停机……

教子有方五题

如琢如磨

　　小儿课业繁重,多有错漏,老师手机告知,责成家长检查作业。猛人妻边检查,边抱怨,说是"众筹办学"。又嫌小儿愚笨,屡教不改。

　　猛人冷静劝解,说课业繁重,恰恰说明教师负责;说教育是平民百姓家孩子竞争的唯一资本;说千万不能输在起跑线上;说教育需要耐心,如切如磋,如琢如磨。妻打断道:"看花容易,绣花难。"猛人直接捋袖说:"看俺的。"

　　拉过凳子,坐小儿旁边,小心询问何处不懂、哪里不会?又循循善诱,心平气和,讲解因为所以,科学道理。一遍讲过,小儿唯唯,猛人深呼吸;二遍讲过,小儿摇头,猛人额头青筋露;三遍四遍仍不会,猛人呵斥数声,又起立,去厨房,取擀面杖,大把攥手中。每讲一句,以擀面杖敲小儿屁股一次,尚未讲完,小儿眼噙泪水道:"听懂了,真的听懂了!"

猛人又喊妻前来,当面问小儿:"还有啥不会?"小儿急忙答:"全会了!"妻疑问:"今日怎么忽然聪明了?"小儿答:"打通了任督二脉……"

实践证明

快餐店广告发到幼儿园,猛人之子哭着喊着要吃汉堡。

猛人无奈,同去快餐店,安顿其子端坐等候,自己排队购买,拿到汉堡后,迅速低头吃掉鸡肉。然后,踱步回到座位上,一边让其子快吃,一边问:"好吃吗?"猛人之子失望的回答:"不好吃。"猛人教育说:"就是,广告都是骗人的。"接着问:"那以后还来不来吃了?"其子摇头说:"不来了。"

分数去哪里了

猛人之子放学归,晚餐时,双手捧试卷出,小心翼翼对猛人说:"老师吩咐,家长需在试卷上签字。"猛人取视,见红叉一片,得分栏为60,先是怒而斥责:"怎么学的?"后又责令"靠墙站! 100分的题,只得了60分,想清楚那40分哪里去了,再来吃饭。"

猛人子不语,低头立桌边,片刻功夫,忽然抬头说:"我知道了。"猛人喜,以为触及心灵,定有收获,洗耳恭听,其子字字坚毅地说:"那40分被老师扣去了!"

爸爸去哪里了

猛人与其子游戏场玩耍,热闹酣畅之时,猛人忽然问:"你每天都看《爸爸去哪里了》,一定最爱爸爸吧?"其子答:"爸爸妈妈我都爱。"

猛人追问:"那你最爱谁?"其子思考半天未作答。猛人再循循善诱道:"举个例子说,如果我去北京,妈妈去上海,你愿意和谁一起?"其子迅速回答说:"上海。"猛人问:"为什么?"其子答:"因为上海好玩。"

猛人闻此,继续问:"如果我去上海,妈妈去北京呢?"其子迅速回答:"那我去北京!"猛人问:"不是说,爸爸妈妈都爱吗?你怎么老跟着妈妈走?"其子略作思考答:"刚才,上海已经去过了。"

害怕与担心

携子去动物园,其子欢呼雀跃,猛人步步惊心,时时提醒注意安全。为强化效果,举例动物如何凶猛,狮虎豺狼如何磨牙吮血,杀人如麻。

来到老虎面前,其子异常不安,猛人拍头安慰,道:"别怕,有我在这里呢。"其子摇头,说:"我不是害怕,只是担心。"猛人好奇,问:"你担心什么?"其子答:"担心你被吃掉,我没钱打车回家。"

禅心三题

善 意

猛人偶遇大师，被赞凤有慧根，遂萌修行之意。贡献完毕，礼拜再三，大师指点说："禅是智慧心，无需日夜诵念'阿弥陀佛'，妄求无量米、寿，但存助人善念，推己及人，力行即可。"猛人牢记于心，视"推己及人、心存善念"为八字真言。

一日，无公事可办，与同事侃大山、啦段子，口无遮拦，热闹过后，一时无趣。又串岗至相邻科室，推门见三位女士，正低声絮语。其一道：不行了，两分多钟；其二道，也完蛋，不到三分钟；其三道，好也三十秒以上？？猛人闻言，颇感不便，进退失据，忽想起八字真言。遂快嘴道："这也正常，不行让老公去看中医，补肾有效！"三女士诧异问："胡说什么？我们在讨论电脑开机时间！"猛人解释再三，道歉了事，从此罢修禅之心。

不伤盛德

妻外出月余，为方便饮食计，猛人聘一钟点工，负责每日晚餐。钟点工善整治肉食，红烧清炖，牛羊猪鸡，甚合猛人胃口。

初，大快朵颐之余，猛人每日必夸耀于同事。几天之后，无意间，觉家中啤酒空瓶增加；留意观察，又知箱中啤酒减少，念及啤酒非贵重之物，欲禁止饮酒，惧吝啬之名；欲置之度外，心有不甘。

犹豫几日，有意无意，言于同事。同事出招，"以彼之道还施彼身。"详解说："空瓶尿满，扣盖，置箱中，待钟点工发觉，自会知难而退，问题迎刃而解，君亦不伤盛德。"

猛人点头，茅塞顿开，归家，急如法炮制，冀有速效。然，一周过去，钟点工浑似不觉，猛人终无可按捺，直言指出其偷饮啤酒之过。

钟点工愕然自辩其无，猛人怒指啤酒瓶示意。钟点工笑言："天性戒酒，绝不饮用，空瓶无他，惯用啤酒烹调肉食耳，君屡言鲜美，秘诀即此。"

抚琴赏菊沐浴焚香

上班则朝九晚五、刷脸考勤，下班则洗涮汰烧、锅碗瓢盆。

平平实实的日子如柴米油盐酱醋茶,生活一天少不了。然,时日既久,难免有腻歪之感。结婚纪念日临近,猛人奉夫人命令,规划一日自驾游,欲重温浪漫时光,为生活再添点味精。

一路之上,猛人负责开车,妻负责挥洒情怀,底是夹岸桃花、十里春风??日之夕矣,驱车返程,离家四十公里处,车辆忽发生故障不能启动,猛人手拍脚踹不见效果,叹息出行前未及早检查车辆,更兼口出恶言,问候汽车祖宗多次,恶言未已,又查找报修电话。

妻乃缓缓劝道:"抚琴赏菊沐浴焚香,人生难得是情怀,何况骂娘无益,汽车的祖宗是马车乎?工厂乎?抑或汽修厂?记得恋爱时节,也是出游,也是汽车不能启动,你神态安然,高咏'春日游,杏花插满头',是何等意气!更兼胸有成竹,自信道'无需烦恼,不用管它,找宾馆睡一觉,明天就好了!'次日果然。今次,还是你我二人,车辆未变,时令仿佛,岂需烦恼若此,何不再睡一觉,明日开车回家?"

猛人一怔,垂头答:"肯定不行,结婚之后,就不灵验了。"

绝妙的定律五题

印刻效应

猛人之妻,多年不孕,亲朋好友关心者、讽劝者、以此为话题者皆有之。山大压力,与日俱增,求医问药,罔有效果。猛人对妻发愿,如能怀孕,想要啥就有啥,想干啥就干啥!

期年之后,果有孕,猛人欣喜异常,衣食尽心,自不待言,更兼察言观色,百依百顺,确保融洽和乐。临产日近,其妻肚子日渐隆起,猛人日渐喜上眉梢,每日请示再三,医院产房月嫂保姆车辆各种准备……

万事俱备之际,其妻胎动腹痛,猛人急呼车,欲送医院生产,其妻态度遽然大变,坚决拒绝上车。猛人窘极,叩问缘由,自我检讨,许诺锦衣玉食日夜笙歌。妻不为所动,摇头说:"非为衣食之事,只担心遗传基因强大,孩儿猥琐如你。忽记起印刻效应,小鸭初孵化时,见到啥就以啥为父母,同理可知,婴儿亦当如是,遍思熟人,唯邻居大哥相貌堂堂,为孩儿计,有心请邻居大哥陪产,畏世人所言,又恐你不许,故欲停止生育。"猛人听罢,急道:"我辈岂是寻常人,陪产而已,区区小事,何必被陋规俗风拘束,我这就去请大哥!"

邻居大哥至,顺利生产,皆大欢喜。几年之后,细审面貌,猛人每夸其妻英明,孩儿果然似大哥,印刻效应太准了!

相对论

猛人欲与妻一同拜访朋友,为表隆重,提前三日电话联络,殷殷表达打扰之意,确定登门时间;提前二日精心挑选礼物,惠而不贵,礼轻情重;当日,又洗车,又擦鞋,又按照礼仪计划出门时间,预计提前五分钟到达,以示守时有信也。捯饬半天,眼见出行时间到,猛人携妻下楼。锁门之际,其妻忽以手蹙额说:"你先去开车,等我二分钟,头发尚未整理。"

猛人依言迅速开车,侯在楼梯口,道路狭窄,他人路过多不便,更兼约定时间将近,心中颇不耐,频频按喇叭催之。十几分钟后,终见其妻下来,重重关上车门,面带愠怒之色。为缓和气氛,猛人解释说:"时间也有相对论,每次出门前,你说的两分钟都得是十分钟。"其妻闻言更为恼怒,出言相讥:"你好,你行,你守时,每次说十分钟,不到两分钟就完事儿!"

巴甫洛夫效应

猛人出游，乘大巴，本以为"上车睡觉、下车拍照"而已，不意与一"辣妈"邻座。辣妈携一幼子，颇可爱，猛人频逗弄，笑语连连。周边乘客或咳嗽或击掌，辣妈暗示他人不满之意，猛人并无计较，依然如故。既久，幼儿略显疲惫，又欲撒尿，辣妈吹口哨、作嘘声引导之，车辆晃动，三番五次不成。

猛人借机谈"巴甫洛夫条件反射效应"，并肯定说，流水之声可促排尿。辣妈点头，又作难说，然则何处觅得水声？猛人举手中大瓶饮料，拧开、仰脖、嘴对嘴，"咕咚咚"几分钟功夫，十之八九进肚。豪饮毕，复旋紧瓶盖，上下摇晃，"哗哗"有声，小儿闻声撒尿，辣妈微笑，猛人甚自得。

又片刻功夫，猛人话语渐少，且频扭动身躯，辣妈疑之，猛人乃高声问道："师傅，最近服务区多远，我憋不住了。"司机答之一小时车距，猛人默然，间有乘客摇晃水杯，作"哗哗"之响，猛人求饶，有人打趣道："既已讲述巴甫洛夫效应，何不追加'踢猫效应'？"猛人嘿然而已。

移时，车进服务区，众人下车，猛人端坐，辣妈问："何不去洗手间放松一下？"猛人答："谢谢，前面已经放松过了，劳烦您带片尿不湿给我……"

奥姆剃刀原理

晚归,妻不悦,冷锅冷灶,厨房门窗开。猛人小心翼翼问原因,答有燃气味道,未敢动火。电话燃气公司,回应说,明天来人检查真伪。

猛人道:"区区小事儿,何必兴师动众。单位刚学的奥姆剃刀原理,未有必要,不增其余,复杂的事儿要简单做。"说完关闭厨房门窗片刻,又悄悄开一小缝,划着火柴一根,扔入。随之"嘭"的一声爆响,门窗玻璃碎裂。猛人瞠目结舌,妻道:"这下确定了!"

蝴蝶效应

母亲节来临,猛人急约同事,见面即谈,某店饰品打折,还有赠品,妻子看中钻戒,只能倾囊购买,钻戒归妻子,赠品报答母亲养育之恩。

同事忍耐听完,面呈不悦之色,责备说:"钻石成分碳元素,石头而已。芥菜粒大的事儿,何须火急火燎定要面谈,笑话我买不起?"

猛人忙解释说:"我固知钻石是石头,奈何媳妇视金钱为花花纸?且钻戒非小事儿,用光了全部私房钱,是以心中愧疚,唯有当面道歉,方可心安。"

同事闻言诧异,止之说:"越说越糊涂,你用光私房钱,为你妻子买钻戒,为何向我道歉?"

猛人起立道:"岂不闻蝴蝶效应?不急细谈,戴钻戒后,我媳妇感觉甚热,正去找你家夫人,且道需摘下戒指凉快一下。君其速归,或可得免。"

大师四题

不贪为宝

猛人风闻某大师,深居简出,灵验之名,四乡流传。心血来潮之日,聊以"大蜜枣"两盒为礼,借以问道。至村口,心中不甘,见柴火垛,匿礼物于其中,径直登门。

推门而入,大师现,正襟危坐,直视猛人。猛人欲开口,大师挥手止之,说:"不急,匿物草中,不怕狗吃了、猫叼了?"

猛人且惊且愧,欲解释,大师又挥手,说:"除了孩子的娘,凡事儿都可做假,素昧平生,疑惑必然,惜物之举,人之常情,无需多言。然,某虽不才,坑蒙拐骗之事,向不屑为之。"又举例言,碎砖破石乃蛮力加技巧而已,火盆变蛇乃障眼法而已,白墙点灯乃预先摆布而已……再举例村口礼品,示以视频监控。总结强调,耳听为虚,眼见也不见得真实。

猛人闻言起立,恭请谈预判休咎之术。大师缓缓道:"圣人言'言寡尤,行寡悔,禄在其中',我认为'存悲悯、知感恩、行善举,岂有无妄之灾？'"猛人恍然大悟,大赞叹说:"真真名不虚传,岂止破鸡鸣狗盗蛊惑之术,更可知做人之道,我知之矣。"大师再挥手,说:"此乃表象,人生至宝,不贪而已,心若不动,风奈我何,你看深陷传销泥潭者,哪个不存以小搏大之侥幸心理？"

猛人愈加敬佩,再欲开言,大师手指其面,道:"你岂无贪欲之心？"猛人力否,大师请尽出身边现金验之,猛人搜遍口袋得现金千元,堆案上。大师令猛人闭眼一分钟,猛人略闭眼,大师拍案,猛人细看,桌上仅存一叠百元大钞。方欲惊呼,大师复令点钞,猛人数数二十余张。大师又一一指示,防伪线、水印、花纹。指示毕,令猛人拿去,猛人感谢再三,告辞归。

至家,得意述始末,摊钱佐证,如大师模样,指示防伪线、水印、花纹。妻点头笑言,详观察,忽惊道:"这 20 张钞票号码怎么是一样的？"

亡羊补牢

电信、网络诈骗多发,微信、短信、报刊、电视多有提示,猛人一概不屑一顾。每对朋友做大言:"骗术古今,林林总总,上当受骗,唯贪而已,天上有时会掉鸟粪,但绝对不会掉馅饼,我亦无他,淡定而已。"

一日,歹人借微信视频、晦暗之间、"鸟语"声里,以同学聚会之名义,要求猛人缴费千元。缴费刚结束,猛人即觉悟骗局,急赴公安机关报案，工作人员以数额不足 3000 元，不予立案，仅安慰而已。猛人愤懑，欲诉之朋友，又恐人笑。无奈，萦绕街头，冀捡一钱包，补偿损失。行百十步，见一老者，面前立纸牌"神算子"，芒鞋道服，面目清癯，仙风道骨。与之谈，问准否，老者道："合则留，信则言，不信即去，勿耽搁我飞升。"猛人体味，颇有古意，遂述始末。老者无语，但手书四字"亡羊补牢"，交予。

猛人反复诵读，又问何解，老者目似瞑，闭嘴不言。猛人计较再三，小心翼翼问："莫不是再付款若干，即可立案，立案即可查办歹人？"老人但微笑而已。猛人顿觉醍醐灌顶，急归，汇总账户，集款两万余元，一并支付与歹人。迅即报案，果然，几日即得消息。消息又分好坏，好消息是歹人被抓，坏消息是案款挥霍殆尽……

猛人怒寻老者，至则揪住衣襟，又欲碎其招牌，老者力辩，且请其出示卜文。猛人出示，老者自右而左，以手引导猛人读："牢补羊亡。"且言"未道言之不预也！"

破财消灾

发薪日，猛人下班出门，心情愉悦。道旁见一招牌随风飘摇，细看上书"鬼谷神课"。招牌下又一老者，白发皤然。趋前问："灵验否？"老者拈须微笑，道："这月薪水几何？"猛人一怔，问："何知今日发薪？"老者答："月月如此，这月亦必如此，了然于胸而已。"

猛人闻言，肃然起敬，虚心请教说："果然大师也。恰有一事儿困惑许久，每次发薪，次日媳妇必要求陪同逛街，花费不訾，甚是肉疼心痛，望大师指点一二。"老者点头，轻吐俗语道："乐结善缘，破财消灾。"且伸手张五指，晃动于猛人面前，猛人悟，掏钱五十元。老者再附耳轻道："此易耳，何不道'高人指点、不宜出门'？"猛人满意而去。

翌日清晨，猛人之妻果然要求同去购物，猛人以"不宜出门"应之。妻强之再三，不得。快快而去，猛人长吁一口，斜躺沙发，开电视，乐享清闲。不意半小时后，妻急归，面带愁容。猛人忙问缘由，妻应答说："路遇大师，拦路相面，又试手足，言'肌肤滑腻微冷，近日必有灾殃，急需珠宝化之'，又指示珠宝店，我细思极恐，入店选项链一挂，价值两千元，又现金不足，故回家求助。"猛人复道："不宜出门。"其妻笑言："何其愚也，大师说手机支付亦可。"

周　易

猛人之妻，为失眠所苦。闻得有大师某，精擅周易，遣猛人备厚礼，前往寻访，求良方。

猛人暮扣其门，大师静坐，品茗焚香。猛人诉缘由。大师良久方开言，开言即道："周，规律、循环、不变之意；易，变易、权易，变化之意；合为一词，意味深长，世间唯一不变的是变。失眠是表,心中执着一念是因。看病除根,放下心中执着执念即可"。猛人敬仰,又以诸事儿,放下不易。大师再道:"昔人有当头棒喝之术,今日行之,有家暴嫌疑,不可。然,亦有他法。"言罢,令猛人捧玻璃杯,手注沸水其中,一霎功夫,猛人急置杯几上,口称:"烫死!"大师翘大拇指,赞道:"痛了就会放手,你已得真传。"

翌日清晨,猛人头裹纱布,踹大师家门三脚。大师开门,惊问原因。猛人怒道:"昨夜归,即以'真传'使于妻,不意其不耐烫,且尽将开水倒我头上!"大师叹:"愚矣,此非'真传'不灵验,乃不懂变通之故。"

学问四题

静则慧生

同事某,年近不惑,忽发愤学外语。工作间隙,上下班途中,闲谈之余,免不得时常秃噜几句,又办公桌上摆单词本,时常口诵手写。猛人先讽喻"老狗学不的新把戏",后见其苦学不辍,又笑其死记硬背。某不为所动,以并答之以古诗:"少壮工夫老始成,一寸光阴不可轻。未觉池塘春草梦,阶前悟叶已秋声。"

猛人无趣,强与之谈记忆之术,列举联想记忆、情景记忆、音节记忆、动作记忆……不一而足。某但微笑而已,猛人重申记忆技巧之效,静则慧生,悬疑冰释,综合应用,定有奇效,又举例说明,找一单词,更换为电脑密码,口诵五遍,双手合击,说:"我记住了,设为开机密码,强调重要性,大脑自然会特别关注,辅以拍手强化记忆,就这么简单。"

第二天刚上班,某推门见猛人右手频舞鼠标,左手拍击键盘,边拍边喃喃自语:"密码呢,密码呢?"某劝其冷静,猛人道:"静不得,科长急用资料。"再提醒猛人联想,猛人道:"经宿功夫,不仅外文,连中文单词也忘记了!"

某顺手翻单词本说:"还好,我记下了,单词就是密码……"

宁静致远

猛人少时顽劣,斗鸡走狗,呼卢喝雉,颇为邻里所烦,父母棍棒教育亦无用。后,有大师某途经家门,父母延请入室,拜求解脱之法。大师乃携之入山,约定学费五万元,三年出徒,定可脱胎换骨。

三年后,猛人归。拜父母,问学问事,答:"练武强筋骨,读书习性情,淡泊明志,宁静致远而已。"父母欣然。晚饭后,父母外出散步,猛人家中无聊。半小时左右,忽然接母亲电话呼叫说,遇三醉汉碰瓷,争论不休。猛人跑步至,其母指黑暗处,道:"刚刚抢跑手机,你父前往追赶!"

猛人急追,片刻功夫返回,将手机交与其母。其母,问状况,答:"幸未跑远,一共四人,一个扫堂腿,全部撂倒了,三个孬种,急叫再不敢了。"

停顿一下,又恨恨说:"还有一个嘴硬,摔倒了还喊'我是你爸','我是你爸',我补了两拳,踹了两脚,才闭嘴!"

攻心为上

同事某,学历能力俱可,工作多年,业绩平平,职位原地踏步,日积月累,啧有烦言,更兼使酒任性,三杯下肚,酒酣耳热之际,即自行启动"吹牛模式",口无遮拦,闻风八卦,捶几拍案。熟悉的人多评价为:"戴着眼镜似先生,喝起酒来赛土匪。"

年终考评,某再与"优等"无缘。考虑其资历颇深,科长作难。猛人自告奋勇,欲与其谈心,以消胸中块垒,且拿武侯祠名联举例:"能攻心则反侧自消,自古知兵非好战,不审势则宽严皆误,后来治蜀要深思。"科长首肯,猛人约某茶叙,先说优点铺垫,又耐心指不足之处,再示之以光明前途,拍胸脯担当说:"似老兄这等人物,如能多思寡言,不肆意臧否他人,岂是一个副主管职位能挡住的?如果再节制饮酒,担任科长,我等也是愿意被驱使的⋯⋯"某闻言笑,直言道:"你所言甚是,但口无遮拦之时,我已忘记自己职位前面的'副'字,三杯之后,更觉得自己是老总!"猛人铩羽而归,告之科长,科长颔首而已。

新年后,科室颁布新规:"饮酒使性,一次罚款 500 元,累计三次辞退了事。"由是,某并无过犯。科长召猛人言:"能罚款解决的事儿,就无需'攻心'。"

不可不慎

猛人携子进城,欲游览动物园。临行前,其妻嘱咐再三:城里套路深,没吃过的东西别吃,没见过的东西别动,不认识的东西别问,庶几可免无妄花费。且凡动物,均野性未驯,不可大意,更勿轻易触摸。昔年我爷爷尝近观黑熊,冬日暖阳中,熊闭目假寐,掌搭栏杆,爷爷欺其迟缓,以脚轻踩,熊陡然回击,一掌击飞鞋底,此足以为戒。猛人父子点头再三,表示牢记。

进城来,目不斜视,耳不妄听,径直至动物园,处处遵循规章,果然全程无事。游览完毕,父子击掌相贺。出园门,又见一虎型雕塑,长一丈余,獠牙虬须,作势欲扑,旁有警示牌一,上书斗大红字"老虎屁股摸不得!"猛人蔑视,笑言:"固然动物凶猛,日前闻野生动物园有猛虎噬人事故,造一假虎,又装腔作势,真东施效颦,防范过度,我们偏要摸摸!"绕至虎尾,手甫触及,即闻相机快门"咔哒",又有人暴喝:"住手!"再被领至警示牌前,随指示细观,大字下面还有影影绰绰小字:"违者罚款100元,留影加罚200元。"

养生四题

养熟的狗

"五月不减肥，六月肉成堆"。健身是件容易的事儿，虽是肚腩便便，天气宜人季节，猛人每年总少不了发十次八次的誓言："日行万步路，夜读十页书。"今年亦如此。妻勉励说："近日读书得知，运动最易受朋友感染。既有此念，何不加入跑友圈，以求同道之人，既可相互监督，又可争得荣誉？将一块腹肌练成六块，也是有可能的。"

猛人闻言心动，买跑鞋、买长短裤、买运动手环，入圈。头三日，黎明即起，日间不忘他人动态，夜深再查排行，不拿第一决不上床，获点赞不少。五日过去，豪情消磨，妻励其志说："最无益'一日曝、十日寒'，减肥像赶走一条养熟的狗，一不小心就回来了，且停止跑步，圈友岂不笑话？"

猛人再展斗志，咬牙坚持两天，颇感困顿。恰有外出公干，欲放弃健身，又怕愧对圈友。临行前，思忖良久，呼家中犬至，解运动手环,捆绑于犬尾,略观察,嘿然笑,放心出门,途中手机嘱咐其妻,定要日日遛狗,云云。外出几日,睡前看跑友圈,果然跑步记录稳居头名,夜夜窃喜而眠。又一晚间,见跑步记录数量不足,致电其妻,妻先开口道:"好消息是狗狗瘦了,坏消息是手环丢了……"

功 夫

谈到青春,青春就老了。人到中年,养生的话题也就热了。友人浅斟小酌,健身就能啦半宿。静以颐养的"乌龟派",流水不腐的"金猴派",公说婆说喋喋不休,咨之猛人。

猛人请以示例。"金猴派"一人意气风发,自言久习铁砂掌,用以健身,安神补气,益处不一而足。猛人问习修之道,答曰:"需恒心,一年以掌击棉,二年以掌击水,三年以掌击黄豆,四年以掌击绿豆,五年以掌击沙子,而后练习击铁砂,这可谓少壮工夫老始成。"猛人叹气说:"半生时间,太过消磨,我少多疾病,婚后孱弱,曾遇高人,教习铁布衫、金钟罩,也比这还简单一些。"其人大惊奇,请言其详,猛人道:"其实也惭愧,选在年初学艺,开始进展迅速,一月用鸡毛掸子细抽周身,二月改用苍蝇拍,三月改用细竹条,六月作罢改为日行万步路,终是铁布衫未成。"

听到这里,其人屈指而算,打断说:"一月二月三月,六月,此处有差池,岂不是少了四月和五月?"猛人答:"实不相瞒,四月初,以为功夫初成,始练头开青砖,为强化效果,媳妇卯足劲拍下,砖碎一地,我去医院治疗了两个月的脑震荡!"

留心之处即文章

"朋友圈"中,养生保健文章大行其道,猛人颇感有趣,悉心整理学习。三月余,竟得近千篇,食疗理疗、点穴气功、祖传秘方、排毒养颜、辟谷纳气,形形色色;黄瓜香蕉、生姜大蒜、桑叶荷花、早餐晚餐、肝胆肾脾,多有涉及。仍不过瘾,又读《黄帝内经》半部。

自是,常以略懂黄岐之术自谦,遇人即行相面、看指甲之举,并附送验方若干、建议几条。既久,人多烦之,称其为"蒙古大夫",盖言其连蒙带估、不靠谱之意,猛人犹不自觉。

一日近午,猛人去快餐店,欲以"汉堡"果腹。点餐处排队,见服务生每收款一次,即下意识将手插向臀后裤兜。猛人略观察,即点头,对服务生暧昧笑,至柜台前,再轻语道:"有痔疮吗?"服务生闻言作色,厉声答:"先生请自重,本餐厅需按菜谱点餐!"众人闻之哗笑。由是,猛人成良医、济众生之志顿消。

减肥妙招

猛人性喜饫甘餍肥,酒水不论,菜肴务必甘鲜肥美,并以拿破仑名言佐证,"请客,菜要好。"每有宴饮,必成"齐颈公",常扪腹自言:"吾不负汝。"由是,肚腩日见其增。其妻讽曰:"每有宴饮胖三斤,此腹深负先生!"

一日小聚,诸人杂谈健身与体重。众说纷纭之际,猛人搁箸长叹:"心宽体胖,也有不足。"再细论道:"古人尝恨鲥鱼多骨、金橘大酸、莼菜性冷、海棠无香,我只一恨,喝冷水竟也长肉。"

友人某,奋勇而言,减肥乃大事儿,一月不减肥,二月肉成堆,三月更加肥,四月徒伤悲,五月路人雷,六月心成灰……又言,中医世家,颇有心得,喝水长肉乃气血两淤、心肺燥热所致,家中验方偏重荷叶、焙干茶饮、烧灰汤服、杂入做粥……种种不一而足,控制饮食,但凡顿顿用之,定然功效无双,一月之内保有变化。猛人避席敬礼,期月为期,设宴答谢。

月余再聚,诸人相见,猛人更胖一圈,友人惊问:"没食荷叶,抑或没坚持食用荷叶?"猛人信誓旦旦而言:"谨遵嘱咐,日日荷叶,顿顿荷叶!"友人再问:"如何食用?"猛人答:"用以蒸肉,五花肉最香……"

赌圣四题

赢　了

冬闲无事,猛人以小赌怡情,屡败屡战。一日午后,又欲外出,妻阻拦道:"赌于君子,足以坏其德;赌于小人,足以败其家;岂不闻'十赌九输'之古训?"猛人屈指一算,答:"已经输过九次了,此次必赢,定有厚报,日夕为限,如不归,电话喊我。"言罢,扬长而去。

至则呼卢喝雉,确实赢得筹码数叠,折算千元有余。顺风顺水之际,日夕之限,置之脑后。其妻数次电话相催,猛人厌烦不已,关机作罢。又数小时,风水轮流,眼前筹码渐次输出,又片刻功夫,输掉本金,猛人心态由兴奋转焦躁,由焦躁转平复,终于视钱财如粪土,乃以肚内翻腾、急需出恭为由,欲速归家。

一众人马,或劝其借贷换筹、以图东山再起,或奚落其想赢怕输、不算男儿,又有人见其遍掏口袋不见分文,复以打车费为注,击掌为誓,赌猛人"肚内是屁"。频遭挤兑,猛人头顶无名火烧,面色赤红,脖上筋暴,奋力而为,"哗啦"一声,众人掩鼻……既归,见赤脚皮鞋、大衣光腿之状,妻疑怪输掉了裤子,审知始末,大加詈骂,猛人犟回道:"十赌九输,最后我终是赢了!"

面　子

夜晚贪玩、清晨懒起,眼见迟到,猛人立路边招手"打的",一小学生亦挥舞手机,似学样。

几分钟功夫,出租车戛然停车面前,猛人急趋,男孩亦跑至,且先开车门。猛人欲怒,见司机乃一美女,急遽改为据理力争。先说着急上班,小学生对答说着急上学;又说挥手呼车,小学生比较说电话呼叫;再让美女评理,美女微笑不语。猛人狠狠心,掏五十元示之,小学生开书包出100元摇晃。美女哂笑,猛人无趣,掏200元,小学生扭头,径去不顾。

至单位,甚不爽,念叨于同事。同事劝道:"能用钱买来面子,说明成功了;能放下面子赚钱了,说明成熟了;且塞翁失马焉知非福,如此出手阔绰,明日再打车可申请免费,得一女朋友也未知可否也。"

明日,猛人复晏起,复立路旁呼车,复遇小学生,招手期间,两人力争先后,小学生道猛人昨日胜之不武。猛人怒而打赌,100元为注,免费乘车为赢。出租车复至。猛人点头微笑,问候美女,以昨日200元为由,要求免费乘车……言谈未已,小学生伸手要钱,猛人疑怪过早,小学生对美女说:"姐,今天先送我!"

言不轻信,诺不轻许

村口有枣树一株,树龄数十年,高三丈余。春来萌芽,枣花簌簌,清香阵阵;夏至成荫,亭亭如盖,邻里常集树下;仲秋枣熟,众人轮竿打枣,乐享口腹之欲。

深秋午后,猛人过枣树下,仰面察看,有枣数枚寥落高处,腹内馋虫蠕动,四望无人,划除鞋袜,攀缘而上。至高处,略喘息,方欲采擷,忽有黠竖子某经过,猛人惧其嘲笑,乃自夸攀树之技。

某闻言笑道:"纵有高攀之技,不抵三声'下来'。"猛人不服。二人遂约定:"猪头一个为赌注,某喊三声'下来',猛人从命则认输。"

约定毕,某仰天大喊:"下来、下来、下来!"喊毕即转身离去。初闻喊声,猛人自恃高处,仅大笑而已。移时,不见某返,遂后悔打赌之事。打熬至日暮,父母唤儿吃饭,猛人下树回家,大哭说:"输掉一个猪头。"其父详询始末,屈指栗凿其头,并戒之说:"言不轻信,诺不轻许。为保护智商计,自今而后,禁止赌约!"

不　傻

　　假日小聚，觥筹交错，起坐喧哗之际，猛人倡议，各讲春节期间险事儿佐餐。

　　友人谈童年放"二踢脚"，二指轻拈，点火之后，先"嗵"一声窜天，再"啪"一声炸响，清响回荡四野。一次拿倒了，更因棉袄宽大，点火之后，"二踢脚"从袖口入袄里炸响，自是甚惧鞭炮??猛人打断说："此亦了了，网络传闻，某地有人用嘴接点燃的鞭炮，岂不更险？"友人不悦，疑难度太高，以为谣传。猛人坚持必有其事。至于揎拳捋袖，朋友们怕伤和气，居间调停。白酒半瓶为赌注，由服务生扔鞭炮，廿枚之内，猛人以口接住为赢。十几枚之后，猛人功成。众人急呼出租车送归。

　　进家门，妻见面色黢黑，问缘由，猛人呜噜叙详末，且翘右手拇指，示己赢了。妻怒斥其傻，猛人又举左手，摇晃半瓶酒，呜噜争辩道："他们更傻！没发现我带回是正瓶的！"

礼仪六题

休　面

　　妻子同学聚会，需携带夫君。猛人推辞以忙，妻瞪眼说："此事不宜替身代之。你不仅要去，切须衣帽光鲜、干头净脸、举止得体、言语有度，尤需注意风头不许被人盖了，酒后不可孟浪，佳人不可唐突！"猛人诺诺连声。

　　是日，猛人遵嘱早归，沐浴剃须，干头净脸，涂抹膏脂，擦亮皮鞋，换衬衣、西装，昂然立，待检阅。审视毕，妻蹙额道："正式场合，岂可儿戏，领带不可缺。"猛人以不会打结自辩。妻斥责："这有何难？"边亲手系之，临了用力一拉，再推猛人一把，审视，点头道："大有改观，不仅合乎礼仪，且眼睛大了不少，人显精神，宜保持。"猛人引颈喘息，补充道："不仅眼睛大了，如果你再用力些，我还能吐出舌头。"

缓　语

　　夏日，猛人去北方走亲戚，临行前，其父嘱咐说："客随主便，要注意遵循礼节。贵人语迟，亲戚某，向来话儿金贵，做客多听少说，不要喋喋不休，问这问那。"猛人谨记在心。

　　至则无多言，次日晨起，主人告知，看山看水看原野，悉听尊便，然而，虽人烟稠密，不用提防豺狼虎豹，但十里不同天、百里不同俗，仍需注意安全，山中花木果实、林中蘑菇杂蔬不可随口尝试。

　　猛人点头表示了然于心。主人又指院墙角铁杆处，补充说："还要小心铁栏杆，不能碰，更不能用舌头舔。"猛人心中疑惑，然而记得父亲嘱咐，复点头。

　　主人离开，猛人暗想："唬人！蘑菇恐怕有毒，栏杆有何了不起，早就听说冬天舔铁栏杆能粘住舌头，大夏天怕啥？"几步走近，先小心翼翼手摸，左右无事，再伸舌头就舔，初有铁锈之气，欲呕吐，急"呸、呸"数次，觅水漱口之后，强忍恶心，再品尝，又有腥臊滋味……

　　主人晚归，晚餐间，猛人吞吞吐吐，请明示铁栏杆奥秘。主人摇头答："嘻，这有啥秘密，不怕您笑话，都是孩子们无状，经常用尿泚它……"

不信东风唤不回

　　猛人醉归，置妻子呵斥于不顾，直奔沙发，合衣卧，迅即鼾声如雷。积时，口渴甚，晃荡起，饮冷水一杯，似梦似醒之间，看看裤子腰带在，摸摸口袋手机在，复倒卧。

　　夜色斑斓，颇无聊赖，登录微信群，发状态描述："醉酒中，哪个话唠陪我走一回？"片刻功夫没人应答。自语道："待我使出"千里追魂术"，不信东风唤不回！"言罢发出 1 元微信红包，果然迅速被人抢走。猛人乐，开口讨要，对方回复一红包，猛人打开见 2 元，猛人翘拇指赞，发 3 元，对方再回复 4 元，几个回合下来，猛人大赞说："过瘾！玩红包多年，一直以为最大的红包是几分的，不意今夜得遇君子，正所谓今夕何夕遇此良人何？"

　　几十个来回下来，数额到 100 元了。猛人再赞说："如此慷慨，应该封你为朋友圈中的 VIP，最有价值的朋友。"对方略表谦虚，立即更名为 VIP，后又提议说，一次增幅 1 元太少，不如改为百元。猛人同意，红包往返，片刻功夫，眼见近 3000 元了，猛人发红包，附言道：太多，没钱了。对方开红包，留言说："大哥真客气，足矣，您才是最有价值朋友，真正的 VIP！"言罢退群。猛人一愣，大出汗，酒醒。

从　容

陆游示子诗:"纸上得来终觉浅,绝知此事要躬行。"猛人深以为然,奉为圭臬。佳节长假,亲朋聚会、迎来送往之际,每每令幼子诵咏诗词歌赋或英日韩法多国外语,展示才艺,适应交际。其妻以其恶俗,申饬为蠢村之举,屡禁绝之。

春节又至,妻重申勿复孟浪,宜教习古文,浸润身心,并选《弟子规》,令猛人辅导之。一日,猛人父子摇头晃脑读:"步从容,立端正,揖深圆,拜恭敬。"读毕,猛人再解释道:"步从容就是走路要慢腾腾,避免摔倒。"其妻闻言嗤笑,纠正道:"真真狗带嚼子——胡咧咧,步从容,意思明明是行路莫慌张。"

其子左右看二人,似乎不解,其妻又举例:"譬如家中客人来访,送客之时,你爸总是对客人说'不远送了,请慢走,慢走',现在懂了吧?"

小儿更大幅度摇头说:"不全是这样啊,前天傍晚爸爸送一个阿姨,就说,'媳妇快回来了,你快走,快走'"

不讲究

春日,宜放歌,宜远足,宜品茗,宜读书,百事无忌。猛人与妻踏青郊外,桃红柳绿,鸟鸣上下,游人济济。妻随口赞美:"红花绿毛,出来玩真恣儿!"猛人嗤之:"出言不讲究,辜负大好春光,说话也是礼仪,眼前有景,古人有言。"洋洋举例:王维说,"草木萌发,春山在望;"白居易说,"草色遥看近却无;"杜甫说,"花重锦官城;"郑板桥夸潍河说:"夹岸桃花三十里。"又强调即使纺纱女子,亦有歌声,"一张机,采桑陌上试春衣,风晴日暖慵无力,桃花枝上,啼莺言语,不肯放人归;二张机……"

《九张机》数到三张,即不言语,妻问原因,回答内急。欲寻地儿方便,又碍于人来人往;欲觅厕所,又不见标志;复行数十步,更难忍耐,双腿拌蒜,双手捧腹,心一横,口喝:"活人不能让尿憋死!"欲路边解决。刚做解裤状,其妻一旁急制止,劝道往来美女甚多,勿行唐突佳人之举,又随手递过一黑色垃圾袋,说:"别不讲究,以此遮遮羞脸也好。"言罢转身。几分钟后,猛人长舒一口气,请妻转身,郑重交付垃圾袋。其妻接手即问:"此是何物?"猛人答:"不是让我接尿?"其妻恨恨骂道:"笨蛋!腌臜之物,如何兜来! 套在头上,谁人识你!"

以直报怨

猛人入影院,邻座二男女。灯熄,电影开播,二人卿卿我我,声响颇不小。猛人清嗓咳嗽、睥睨、摇头,数措并举,二人置之不理。遂作罢,心念:"风吹幡动,我自不动。"复凝心观影,然情节支离。

忍耐片刻,男士忽起立,迈步外出,皮鞋狠踩猛人不说,似乎还转了半圈。男士离去,猛人行指桑骂槐之举,嘟哝世故人心数句。女士装聋作哑,不予搭理。

约十分钟,男士归来。至猛人面前,低声问:"刚才踩你脚了?"猛人惊,以为女士短信、微信告知其友,急切开口道:"岂止是踩了,还辗转一圈,痛彻骨髓,不过知错就好,下次注意。"男士稍停顿,郑重言道:"非也,买爆玉米花归来,需确定是否自此经过而已!"猛人嘿然。

二人开吃爆玉米花,嘴中咔嚓作响,周边香气浓郁,猛人口角垂涎,心中且有不平之意,乃徐徐脱鞋,盘腿座上。初几分钟,女士猛嗅,道:"爆玉米花有毒,味道不对!"又几分钟,男士亦道:"似臭鸡蛋,莫非化学袭击?"再侧身细闻,见猛人盘腿之状,大声斥责说:"以怨报怨,小肚鸡肠,且公共场所脱鞋,是何公德心?"猛人以手搬脚,徐徐答:"非也,我是以直报怨,想必你还要外出买水,如此这般,循味前行,岂不省却标志位置的烦恼?"

微信三题

群　发

长假临近,猛人收到其子微信,请求春游费用。归,诵读内容与妻:"老爹,我欲春游,速转账 3000 元,账号某某。"妻言道:"语气、头像、账号都对,只是不需转账太多,500 元足矣!"

猛人不忍,代子求情道:"一人在外,多有花费之处,且大好春光,良辰美景奈何天,记得有位高僧曾诗云'猫叫春来猫叫春,听它越叫越精神,老僧也有猫儿意,不敢人前叫一声。'有道之人尚如此,少年懵懂,亦不可过于苛刻。"其妻点头,回应道:"理是这个理,只是这小畜生,近日微信玩的上瘾,不仅各类诅咒发誓、裹挟他人转发,而且还常常群发,估摸着,你凑500 元,他就足够了!"

蚂蚱也是肉

"恻隐之心,人皆有之",猛人亦然。上班途中,遇妙龄女子跪地,面前有端正粉笔字数行,尽叙父病家贫、学费无着、恳请解囊之事。

猛人端详再三,忆青葱岁月、求学时光,颇有触动。开包细找零钱,取一硬币,轻轻递与,并言:"惭愧,杯水车薪,请笑纳。"女子摆手不接,凝视猛人道:"先生意我行乞乎?区区一元,既无补于事,又伤君慷慨之德,请增益之。"

猛人闻言不悦,举手机、开微信、递与。女子一愣,接手机,道:"先生真爽快人,您这是要微信支付?"猛人急伸手夺回,抢白道:"哪有这等好事儿,只是证明一元钱亦来之不易耳,昨夜我转战六个微信群,历时足四小时,抢红包数个始积攒一元,俗话说'蚂蚱也是肉',一元钱岂是凭空得来的?"

不亏一人

朋友圈拉票日益频繁,人多诟病,猛人更以为有不公平竞争之嫌,立誓不投一票,无愧一人。

一日,熟人某在朋友圈发红包拉票。猛人误抢红包,陷两难境地。欲不投,红包已入账,有违诚信;欲投票,有违誓言。欲退还,熟人拒收。

思虑再三,烦躁异常,触碰链接,见朋友领先对手一票,忽如醍醐灌顶,灵机一动,为对手投票一次。而后,念声佛,自道:"这下两不亏欠了。"

吃食二题

不可再喊

单位门前一饭馆，一通畅大厅，七八张饭桌，家常便饭，猛人为常客之一，非是饭菜口感殊异，实为店主女儿待字闺中。吃饭年余，果然由陌生而熟悉，而谈婚论嫁。

新婚三日，猛人约朋友六七人饭店小聚，一来感念朋友们出主意，搞定夫人；二来请朋友们照顾饭馆生意。起坐喧哗，把酒言欢完毕。猛人喊："伙计结账！"三声未了，其岳父至，拍桌瞪眼问："什么，伙计是你叫的？"猛人着慌，忙起立，再立正喊："小二结账！"岳父怒，一掌拍来，怒喝："这点小酒儿，就如此德性，丢人现眼，喊爸爸！"猛人忽惊醒，深鞠躬、喊爸爸，而后结账，趔趄而去。

次日，清晨接岳父电话，嘱咐："今后不许喊爸爸了。"猛人愧悔并保证改过。其岳父止之说："非也，实是结账后，其他几桌客人颇为纠结，互相推诿不前，竟有互相推诿至夜半者。"朋友闻之笑："不意饭馆财路竟在你称呼上！"

面　馆

吃喝拉撒,大俗之事,人生必需。小城有面馆一,经营数十年,岁月既淹,周边繁华不再,毗邻的剧院改为广场,店前的道路拓宽数次,面馆门面却无甚大变化,算是奇迹;店主由少而壮而老而传至后人,面条味道依然,甚至连桌椅条凳油漆斑驳、擦桌的抹布油腻搭搭,都风采依旧,尤为难得。

食客来来去去,老老少少,数量倒也稳定,不同的是过去吃碗面是为了打牙祭,现在是懒得下厨房而已,但也有不一样的拥趸者,如猛人,他就号称喜欢面馆的热闹与情怀。

休息日,日上三竿,猛人携子入面馆,照旧点面条两碗、卤蛋二只,择桌落座。有客来,征得同意,与父子同桌。面条上,猛人饥,碗筷齐动,几分钟功夫,面条进肚。同桌客人挑面、喝汤,几口之后,忽停箸奔前台。猛人初不以为意,细观小儿吸啜面汤而已,忽闻得前台有争执声,急奔去,细听乃客人斥责面汤内有苍蝇,店主坚称:"百年老店,无亏一人,定是葱花。"二人赌咒发誓,叱咤不一,猛人静观片刻分钟,见无动手开打之意,颇感无趣,复转身入座。见桌上半碗面条,边教其子"敬物惜福",边拉到面前,其子似欲开言,猛人又正告说"食不言、睡不语。"言罢古训,呼噜噜碗底见干,额头汗微出,以手扪腹,欲起立,见店主与客面红耳赤至桌前,找面条不见,客人急问:"面条呢?"小儿指猛人道:"刚刚吃了!"

真性情八题

实功夫

正是应了那句老话儿，"饽饽往肉里滚。"新年临近，猛人喜事事儿连连。连考 N 次，驾驶证终于到手；苦追几年，女神允诺，可登门拜访父母。猛人一蹦三个高儿，急烧火燎，借车一辆，亲自驾驶，备礼物，接女神，兴冲冲上路。

一路行驶，暂得二人世界，猛人乐得嘴巴咧到后颈上。天气、假期、同事……诸事拉呱完了。气氛略显尴尬，女神打破沉默，提醒注意安全。猛人喜得话题，从安全说到学车，一二三四阶段说起，再三申明驾照获取不易，教练严格，学员认真，夏练三伏，冬练三九，报名三年，实训两年，方成正果，真正是实功夫。单边桥、侧方位、半坡、弯道，俱不在话下，就连应急反应也绝无问题……

女神打断："谁的驾驶证也不是自己印的？光说不练假把式，这么厉害，玩个漂移呗！"

话音未落，车身急甩，女神猛扑车窗，窗外风景飞速变化，视线至于模糊，车外车轮轧轧作响，车内女神惊呼连连，数秒之后，车辆稳稳停住。女神喘息、轻嗔："平日里见你谨小慎微，少点男子汉气概，难得如此决绝，这漂移一百分，到家我替你吹吹！"

猛人以手抹去额头涔涔汗水，回答说："现在去不成了。刚才大意，没想到道路结冰，我得先回去换条裤子！"

耿　直

友人某，耿直自许，戏谑放浪，口不择言，周围人多不待见。猛人每以"赤子之心""真性情"劝喻，尽"和稀泥"功夫。某知闻，甚感激。

一日，发给猛人信息说，东风送暖，大好天气，宜友人小聚，述友情、诉腹心、清愤懑。猛人欣然赴约，登堂入室，则清茶一盏，瓜子半盘。落座寒暄，某即打开话匣子，何处樱花如雪，哪里杜鹃正红，菜花似金，麦垄朝雏……自然风光数过，又谈古往今来人物：林黛玉的葬花词、苏东坡的超然台、李清照的寒食近……人文谈完，再谈社会经济、贸易纠纷、货币战争……猛人频起坐。某忽打住，以手抹嘴角白沫，问："你昨晚没睡好吧，看你一上午一句话都不说，还连连张嘴打呵欠？"猛人急忙接口道："不是，不是，不过欲告辞，不能插嘴罢了！"

耿 介

入世之初，猛人豪情万丈，拍胸脯说："是金子总会发光的！"十数年，工作日复一日，职位年复一年。妻戏改为："是疖子总要出脓的！"并总结猛人状况为："人家歇着我干着，人家坐着我站着，人家吃着我看着。"

猛人每涨红脸辩解："人家人家，皆世俗之辈、钻营之徒，我却不然，堂堂男儿、性情中人，素耿介不阿，溜须拍马，不屑为之，时也运也命也，富贵与我何加焉？"妻亦无他言。

一日，夫妇购物，前后出超市。眨眼功夫，猛人不见了。妻电话几番，猛人皆拒接，无奈，打车归。两小时后，猛人归，颇委顿。妻怒问原因。猛人讪讪而言：出门遇领导，领导请搭顺风车，念难得与领导独处，遂上车；领导问目的地，念领导时间宝贵，遂报领导家居附近；一路倾听，深有收获，故电话未接；抵达后，发现不名一文，无奈徒步返程，是以疲惫不堪；尤可虑者，领导并非回家，实是另有要务，绕道相送，至今心尤惴惴。

狷 急

【包子皮】猛人素称好性情，与同事、与朋友温容笑语，有"老好人""大抹板"之称谓，盖言其能包容、善协调也。然，家庭之中，则暴戾异常，一事不顺、一言不合，即或自叹命薄或吹胡子瞪眼,甚至于恶言相向、捶几摔凳。其妻多有警告,并告诫:"狷急之态,行之君子,足丧其德;行之小人,足丧其身,且不对亲近的人发脾气是基本的修养,何不加以自控?"猛人自辩说:"端老板的碗,不敢不笑;与朋友交,不能不笑;与陌路人,怒则挨揍,又情绪指数是常数,家中笑、出门笑,岂不被累死?"

【包子馅】休息日,猛人晨起规划清理卫生、结伴出游诸多事宜,为节省时间费用计,衣物两盆先浸泡。一小时后,日高烟敛,置衣物于洗衣机,开水龙头,按启动键,然不见显示。转身问妻:"洗衣机被你用坏了?"妻否认,并质问:"结婚以来,我何曾洗过衣服?"猛人被呛口无语,悻悻然,到洗衣机前,手拍脚踢数次,按启动键十次,不见反应,迅疾找出螺丝刀,拆开放倒洗衣机,片刻功夫汗流浃背,一小时许,组装完成,期间手机响声数次,皆不理。装完擦汗,复按启动键,依然如故。乃口诵国骂三字经,指责商家无良、国产质量不可靠。适楼下传来"收旧洗衣机、电视机、自行车"的吆喝声,遂大喊:"卖了!"小贩上门讨价还价,百元成交。小贩去,猛人面色稍解,回朋友电话,出门。又一小时,猛人与朋友出行路上,接妻子电话:"家中来电了……"

宽　缓

某,诸事无忌,性体宽缓,言语木讷,猛人与之友善。城中有酒店馔治甲鱼,开张之日,微信、传单、横幅大肆宣扬,滋阴固肾、益气补中好处种种不已，优惠酬宾、折本让利更是诱人。

猛人闻之心动，约朋友共诣某家，聒噪良久，某同意请客一餐。三人至，酒店近乎客满，择僻静处落座，点菜毕，服务生即退出门外。三人大眼瞪小眼十几分钟，猛人按捺不住，呼服务生至，催促之、诘问之，服务生诺诺连声；不过五分钟，复如是；如是反复多次，服务生有意躲避，猛人暴喝："难道我们坐在观众席上了？"

又片刻功夫，酒菜齐至，三人风卷残云，宴饮完了，服务生陪同至服务台，恭敬弯腰，请按服务评价仪，猛人怒其前倨后恭，服务生恳请改正，猛人不理，直接按"不满意。"服务生恨恨道："真是难缠之人，把我炖了你才满意？"又言语报复，大声报账道："三只王八、一碟花生米、一份时令蔬菜、一瓶酒！"猛人作色欲怒，某摆手劝慰，乃作罢。

出门问价格，百元而已，猛人点头说："人多服务不周，亦有可谅之处，价格着实公道，趁开业酬宾，明日宜再吃一次，我请客！"朋友道："再吃一次固然好，只是要以某为镜，宽缓有度，方能赢得尊重，尝得美食滋味。"猛人诺之。

翌日提前预约，至酒店猛人果践前诺，服务生亦谦恭相待。饮宴完了，恭送至服务台处，报账道："三位先生，用王八三只、花生米一碟、时令蔬菜一份、白酒一瓶！"总台算账，计五百余元，猛人大惊诧，索账单，明码标价，无奈付钱，欲再问询，某牵其衣袖，缓缓道："不宜细究，昨日王八实未付款……"

消气方

"小孩小孩你别馋,过了腊八就是年,穿新衣戴新帽,小子儿吵着要鞭炮。"年,作为仪式,对孩童来说极具情趣;作为关口,对成人来说,极具挑战。各种考核、诸多人事儿,猛人肝火上升,胸口烦乱,郁于中而"秀"于外,妻连续警告三次,一次比一次严厉:"家庭不是情绪的垃圾桶""别把工作中的情绪晦气带到家中""能不回家就别回家!"

是日,万家灯火,怅然归,妻从厨房冲出,双手捧一海碗,递于猛人,说:"东奔西忙,官人辛苦,今去西门外大药店,讨得消气良方,急饮之。"

猛人欲举手阻拦,妻瞪眼道:"还得强灌不成?可解烦闷。"又劝说道:"全是好东西,大枣补肝肾,甘草扶正气,陈皮去邪火,莲子清心神,还有半夏陈皮,林林总总,总之,喝了就好了!"猛人无奈接过,咕咚几口饮尽。而后晚餐,而后脑门上依旧写满一万个不情愿,临睡前,妻自语:"得加大药量"。

次日回家,果然见汁水浓稠不少。

第三日,猛人进门来,更衣帽,不见海碗,问妻说:"今天不喝?"妻回答:"连服两日不见效果,又去药店咨询,药师说药是良药,只是打开方式不正确。"猛人满头雾水。妻继续道:"医生说了,无需内服,你再继续叨叨不已,熬开之后,兜头泼去,即有奇效"。

好手艺

近腊月下，年味渐浓。肉菜价格上涨，坊间传闻，有"羊贵妃"、"牛魔王"之说。猛人本不为所动，以往经验，物价如股市，虽则眼前虚高，到大年三十少不得跌回去。然，不耐烦众人聒噪，不得已，逢集市日，菜市场逛一圈，遍问价格，欲空手归，似乎不妥。遂循烘焙香气，信步进一门面。

店内满满当当，主人忙碌，猛人指刚出炉的蛋糕问价格。主人答："童叟无欺，言无二价，一以贯之。"猛人无语，取包装袋，挑选再三，封口打包。又与老板谈物价，赞美老板诚信经营，奇怪肉蛋奶价格联动，蛋糕价格何以不变？老板颇自得，笑言："小本生意，靠得就是好手艺，凭他们怎么涨价，我能用几个鸡蛋？"言罢，自觉有失，又拉猛人手，补充说："要不你再添十元？如此咱两人都放心。"

看觑薄面

猛人打酱油，瓶装满，交10元。老板娘略迟疑，顺手抓棒棒糖一根，开口笑道："帅哥好！找零5角，不巧没零钱，棒棒糖一根5角，看觑薄面，顶账吧。"

猛人摇头，摆手说："算了，不要棒棒糖，也不必计较，权做交个朋友。"老板娘看猛人一眼，急扒拉钱盒，找出一元钢镚，边递与,边接话道:"千万别,哪能亏您呢,还指望您今后多多看顾呢。"

　　猛人接过硬币,左手上抛,右手接住,按在柜台上,问老板娘:"刚才你说啥?"老板娘回道:"帅哥好。"猛人摇头,说:"不是,继续。"老板娘再说:"没零钱?"猛人继续摇头,老板娘继续说:"棒棒糖一根五毛""猛人仍摇头,老板娘再道:"看觑薄面?"猛人口中急道:"就这话。"手推硬币向前,说:"既如此,待我买两根棒棒糖!"

集市五题

再让让

猛人之妻,有节俭之德。邻人携石头过其家门,亦必受阻拦问询,并借以磨刀锬剪。外出购物,更锱铢必较,人赠外号:"皮笊篱",概言其行状。

小长假前夕,猛人归。妻喜形于色,猛人疑惑,乃详告免费一日游之事。猛人质疑"零价团"有消费陷阱,其妻释规则若干,强调道:"牛不喝水按不到湾里去!"

翌日,猛人夫妇参团登车,食品日用一应俱全。至目的地,见湿地数平方公里,风正好,花争艳,更有千把油纸伞长廊。导游解说完毕,诵唐诗:"外州客,长安道,一回来一回老。"详解"花开堪折直须折",推介付费项目耳。众目睽睽之下,问询再三,猛人之妻为其选定最便宜的"蹦极"项目。

至蹦极处,又项目如何?导游绘声绘色描述:塔高30米、安全绳长25米,人登塔、绑腿,倒栽葱跃下,重力加弹性,最险处人头距地面仅 1 米,惊险刺激,足矣感悟生命轮回。三人同登塔,猛人之妻复喋喋项目费用,希冀有所减免,导游不允,遂耿耿于怀,趁教练帮猛人捆绑脚踝之际,上前一步,坚定而言:"价格既定,不再争纠,安全绳上定须让让,怎么也得长出个 3 米 2 米的。"

推己及人

猛人夫妇入集市,百十步,有热闹处,青布为幔,高丈许,颇宽敞。细看有小门,门前两音箱,正传来阵阵惊呼叫好。又有一桌一人,殷勤招徕,尽道杂技艺术,名乡特色,走过南闯过北,拍过电影,上过电视,艺术下乡,门票 50 元,看了后悔一阵子,不看后悔一辈子……

猛人闻言,好热闹之心顿起,不顾妻脸色,径直拖曳入内。见台上两艺人表演,台下二三十观众,表演不过空手献花、纸牌游戏、转铁球、吞长剑,叫好声实为录音。

猛人观赏片刻,深感无趣,先是指点魔术杂技破绽,再喊倒好声声。节目依然如故,猛人按捺不住,直接喊停。艺人打住,询问意见,猛人评价:"新鲜不刺激,如此表演枉费功夫,切将心比心,推己及人,应该退钱!"

艺人不悦,回应道:"也不尽然,亦可表演'夺命飞刀'之类,只是缺人配合,如有胆大观众,自愿客串,不仅免票,而且奖励千元!"

话音甫落，猛人之妻亟以双手推猛人上台，口中且喊："傻大胆在此！"

见猛人上台，艺人相视微笑。猛人略不顾，扎一马步，双臂轮圆转十几圈，众人叫好。艺人问练过没？猛人答，少时崇尚武侠，书和电影没少看。又反问道："扎死人不犯法吧？"艺人正容答："既是自愿，又非故意，不负刑事责任；民事赔偿有保险，毋须担心。"猛人雀跃欢呼："等待不及！"

艺人接口道："不急，再用布条蒙上眼。"猛人闻言迟疑道："本来就没准头，蒙眼乱扎肯定不行，不犯法，我也不敢杀人啊！"艺人徐徐道："你理解错了，将心比心，推己及人，岂敢让人飞刀，请君做靶子而已。"猛人闻言色沮，颓废离场。

吉人天相

二孩放开，朋友们聚会饮宴，猛人每以"生物工程"为由，推辞烟酒。任凭他人巧舌如簧，言尽稍饮无妨、父辈无忌、不争一时，诸多例证，猛人兀自岿然不动。众人亦无可奈何。

年余，猛人戒烟酒如故。然聚会之时，耐心渐消失，谈及二胎，有时甚至急赤白脸。友人劝猛人道："此事心急不得，且戒烟限酒日子如许，不见效果，宜另寻他途。闻得集市上有老者，多能决人休咎，每收摊于前，市场管理者后至，人赠外号'贾半仙'，何不求指点一二？"猛人醍醐灌顶，点头如鸡啄米。

旬日，再聚会，猛人忽然恢复生猛之态，朋友诧异，皆贺其妻有喜。猛人摇头摆手,卖关子道:"暂无,然有眉目矣。"又详解:"至集市,拜半仙,道曲衷,得签上书'吉人天相',半仙初无言,又付费,始详谈,文言文若干,不甚懂得,最后半仙直言相告,稍安勿躁,烟酒无碍,定有贵人相助!"

巧　言

　　猛人推车赶集,卖瓦盆糊口。有老妪至,问质量价格。猛人先拍胸脯,后拍瓦盆,口做大言:"质优价廉,包用百年,不说行状火色,仅响声就天下无二,市上唯一。"

　　"当当"数声,瓦盆忽然开裂。猛人忙投掷于地,指瓦片道:"全集市没有这般整齐的茬口!"

　　老妪摇头,围观者起哄。猛人无奈,推车欲走。老妪道:"且把瓦片捡走,免得扎脚伤人!"猛人笑道:"无妨,一下雨就变成泥了!"

差异化营销

　　纸鸢飞天,杨柳鹅黄,麦田返青,猛人学营销,学业成,回家实习。电话问候,其父正在集市卖葱,似不喜。再问何事,其父抱怨,小葱满集市,价低难售。猛人思量经济模式,总结道:"量大雷同,不能提供个性化需求,肯定不行,等我过去。"

至集市,问价格,其父道,每斤 2.5 元。猛人点头,又劝其父速回。其父依言起立返家。尚未进门,即接到猛人电话,开口就说:"葱被抢购,速送一车。"其父疑惑,问原因。猛人道:"葱叶葱白分开,差异化销售,葱叶每斤 1.5 元,葱白每斤 1 元。"其父闻言怒道:"真个傻子!"

猛人回嘴道:"他们才傻,不知到葱叶应该比葱白便宜!"

读书四题

小目标

猛人素重教育,其子胎教幼教投入无算。上小学后,更是日日督察作业,次次详问分数,每有差池,多以同事某之子举例,叹息同年同月出生,人家何以那般优秀,琴棋书画样样精通,尊敬师长团结同学,学习省心品德优秀。一旦提及,其子即如泄气皮球一般,其妻以此厌之。

一日,猛人复做庭训,嘴角飞沫,大谈同事之子,其妻作色起,要求当面一较高下。猛人猝不及防,忽闭口无言,其妻乘胜追击,无奈口吐实言说:"举例之言乃为虚构,实是望子成龙心切,为其定一小目标耳。"妻告诫下不为例,子雀跃离去。

后月余,期末考试成绩出,其子持试卷归。猛人速览,居然满分,试卷顺手一抛,开心道:"可以一起出去拜年了,我也顺便和朋友们谈谈育子良方。"其子接口道:"我不去,人家爸爸要么有豪车,要么有豪宅,要么年赚一个亿……"猛人怒道:

"小小年纪竟然虚荣如此！且说来听听，谁的爸爸？"其子答：
"也是给你定个小目标。"

世易时移

　　猛人劝其子读书，远离手机电脑，更录孟子名言励："天将
降大任于斯人也，必关其电脑，闭其微信……"其子每漫应之，
不为所动。或催促频繁，其子直言："知之为知之，不知百度之；
读的越多，忘得越多，何苦来？"猛人无言以对，颇有失落之感。

　　一日，遇智者，聚论"无事此静坐，有福方读书。"猛人质其
子所疑。智者答，此易耳。读书不求甚解，犹如竹篮提水，虽终
是空空，然一日数次，竹篾定变柔顺，此浸润之功也，何不以此
答之？

　　猛人起立敬礼，智者再道："纸上得来终觉浅，此事也不宜
说教，躬身体验最好。"猛人一再表示受教育。

　　归途即买竹篮，至家急呼其子，交与竹篮，嘱咐速去河边
提水，以证读书有用。片刻功夫，其子敲门，猛人润喉清嗓，开
门，见其子提半篮冰块兴奋而入，大沮丧，怅然道："连时令也
不配合一下。"

胜读十年书

同事们屡次撺掇,猛人发英雄贴,请客小聚。至酒店,团团坐定,请大家点菜。彼此推让间,猛人抢过菜谱,侃侃而谈:"鲁菜乃八大菜系之一,咸香鲜美为特色。四大代表菜是葱爆海参、油焖大虾、蜜汁山药和九转肥肠。海参是养殖的,剔除;大虾38元一只,太贵;蜜汁山药太甜,别点;余下的只有九转肥肠。"

片刻功夫,服务生端菜至,几段大肠,浓浓酱汁。以菜少之故,恳请再三,大家未尝下箸。猛人圆场说:"朋友聚会,吃啥不重要,喝啥不重要,重要的是说啥。"迅即开篇,大谈猪肠文武吃法。其一曰文吃,大肠翻转,轻轻捋一遍,散装入锅,开锅即食,先找准肠子头,用嘴嘬住,然后将大肠缠臂上,绕过脖颈,一手高举,一手捋之,管你汤水皆饱;其二曰武吃,整猪赶来,白刀子进红刀子出,找出大肠,直接两头束缚,先煮再蒸后烤,淋以小磨香油,香味扑鼻之时上桌,去其繁文缛节,弃外皮不食,但见肠子瓤外焦里嫩,气味浓郁……清谈未已,已有朋友捂嘴避席,更评价说:"本以为菜肴稀少,现在感觉太多啦!听君一席话,胜读十年书。"君子清谈,乐以忘忧,酒以言志,酒桌数语,更能体验生活滋味,真真后味无穷。

启 发

根据分工，猛人辅导其子作业，讲题三道，小儿再问，猛人烦躁，记得圣人之言："不愤不启，不悱不发，举一隅而不以三隅返，则不复也。"翻课本细思，归纳总结，再讲规律，告诉小儿说："同理可得。"

小儿惘然，猛人再举例说："同理可得，就是以此推断，由此猜想。"为明辨见，又举例说："你妈妈自以为赛天仙，别人都以为当初是我追她，实际我是树，你妈妈是兔子，守株待兔的故事你学过，同理可得什么？"小儿脆生答："我妈妈撞树上了！"猛人颇以举例自得，颔首微笑，伸拇指夸奖。

翌日晨，猛人照例送小儿就学，出门之际，小儿忽要求换对门王叔送学校，猛人诧异问："何以如此要求？"小儿答："守株待兔，兔子被农民得去，你总说对门王叔就一农民，同理可得，你是假爸爸。"

高着三题

规　范

公司要求人人提出建议意见,全员节能降耗,猛人提出规范办公用品管理的建议,并举例说:"如果层层把关,规范办公用品的程序,领取一张 A4 纸的时间超出抄写一张 A4 纸的时间,自然就没有人领取纸张了。"经理深以为然,责成办公室制定制度若干。

一日,猛人所用三轮车老旧损毁,向小组长申请换车。小组长对照规范,要求猛人写出申请。猛人填写申请单,"原有三轮车损毁,无法维修,拟重新购置。"小组长看罢,在下面画一圆圈表示同意,再让猛人找组长审批。猛人找组长,组长依然画圈。组长之后,猛人找科长。科长画圈之后,猛人找处长。

四个圆圈凑齐之后,猛人手持申请,找经理汇报,进门说明车辆损毁,呈递审批单要求换车。经理接过审批单,一看,拍桌大喊:"什么,一个送废料的竟然要买奥迪?"

非礼勿视

猛人欲访友,观赏雪地风光。出行前,问风俗,众人提醒,某地民风彪悍,切勿盯人看,"你瞅啥!""瞅你咋地!"是干架的标配句式,相当于武林中人过招前抱名号施礼环节,其后必是血光之灾。

又有人不以为然,极言雪野千里,山高林密,以大为美,民风淳朴,宜鲸吞豪饮,切不可拿自己当外人……至,果然是粉雕玉砌世界,果然是大炕旺火,海碗为杯,猪肘为肴,整鸡整鹅。猛人谨记提醒之言,入乡随俗,揎拳捋袖,酒来不拒,肉到张口,面红耳赤、眼现重影、步履踉跄之际,赢得一致喝彩。

快活之后,朋友又请洗浴,以涤风尘。携手以入。更衣毕,猛人赤条条出,问卫生间,朋友答道:"前行右转。"又叮嘱:"非礼勿视,切莫盯人看。"猛人漫应之,脚下急行,推门入,雾气蒙蒙,再行,"扑通"跌入热水之中。猛人惊呼,朋友急问:"咋了?"猛人急答:"还好,千万别按冲水阀!"

定心丸

唐人有言:"少妙时,视之如生菩萨;儿女满前,视之如九子魔母;故妻之可畏,理所必然也。"猛人简而话之:"听媳妇的话有饭吃。"朋友相聚,滑稽戏谑,常举例河东狮吼,季常之癖,葡萄架倒了，少喝酒多吃菜，九点之前早回来……

草木萌发、春山在望之日，傍晚时分，朋友登门相邀，欲小酌，猛人推脱再三。朋友强之，猛人面有难色，详诉缘由："妻外出数日，布置曝晒被褥，洗涤衣物若干，清理卫生几遍，更要谢绝交游……"朋友笑其愚，劝慰道："家务不在一日，但言家中安卧，谁人知晓？"又言："人生得意须尽欢，春宵一刻不啻千金，既无约束，何不通宵？"

猛人心动，临行又踌躇，忧电话查岗，又记起其妻尝举例："某人外出，暗置钱币于床下，夜半令其夫清点报数。"遂细翻床铺，于枕头下觅得硬币一枚，嘿然儿笑，握之在手，欣欣然，说："这下有定心丸了。"

二人觅酒馆，畅饮毕，夜未央，灯正红，复 K 歌。歌舞酣畅，情怀激荡之时，电话铃声爆响，猛人看，果然妻子电话，乃镇静挥手，喝令一切静默，掏出硬币，开免提道："报告夫人，我已睡觉，睡前发现一枚硬币，面值五毛，年份为 2003，还有什么吩咐？"

朋友一旁伸拇指点赞未已，话筒传来声音："既如此，说道说道，硬币是国徽朝上、还是数字朝上？"

暴脾气三题

有种你就弄死我

猛人祖父已近耄耋，信孔子，常自语"七十而随心所欲无所逾矩"，诸事仍亲力亲为。一日，似有便秘之症。日中，自行去药店，买药一盒。

归，喜告猛人说，药价超便宜。猛人不信，数找回零钱，确如所言。疑其中有猫腻，急止之，网上查阅药价低廉原因，仿佛假药、剂量低，等等不一，更有建议去药店当面咨询。

猛人至药店，店员答："店庆之日，上午药价一折。"

猛人仍存疑，质问："价格一折，有效成分莫非也一折？在卖十盒与我，方能相信。"

店员不悦回应道："日已过午，是何言哉？"

猛人怒道："既如此，我口服试之！"迅雷不及掩耳之势，自取药丸十粒，夺柜台水杯，急饮冲服。

店员愕然，道："此药一次一片足矣，现在如何？"猛人兀自嘴硬说："吃都吃了,能奈我何,有种你就弄死我!"

喋喋之间,忽做立正姿势,急急对店员说:"且不论买与不买,快找卫生纸来!"

我是流氓我怕谁

小区门外,有惠民餐点。外地小伙儿经营,老板伙计一肩挑。手脚麻利,器具干净,人来微微一笑,说话宛如处子,常客结账又不收零。

猛人屡受其惠,念无以为报,遂以大哥自居,每就餐毕,必拍胸言:"大哥知你辛苦,异乡打拼不易,有事儿大哥罩你!"小伙儿但以"有劳大哥"应之,似不在意。猛人亦苦于无机会儿证明。

一日,早餐之时,人多纷杂。忽有一斑白老者入,径直取茶蛋、炉包如许,不顾猛人斜睨,大马金刀落坐,大口享用完毕。起身欲去,猛人眼疾手快,一把薅住,怒喝:"吃饭为啥不掏钱!"

老者用力甩开,亦大喊:"老子吃儿子,还须交钱,关你何事?"猛人怒气益炽,口中直嚷:"我是流氓我怕谁,我就不信坏人变老了!"手中一碗粘粥,丢头泼过,再加一脚端倒在地,老者哇哇大叫,小伙儿对猛人大喊:"大哥快住手,这真是我爹!"

路见不平一声吼

下班时分,道路狭窄处,车轮滚滚流。有两车相向争道,相持不行,竟至下车理论。猛人旁行过,窃喜安步当车之乐。

欲去,又闻其一举手机怒喊:"老爸,给我打款 100 万,待我轧死一犟种!"

另一人不甘示弱,口中嘟囔说:"手机谁没有,老爸谁没有?"亦举手机喊:"老爸,发账号给我,有人要给你打款 100 万!"

猛人驻足,擦眼镜,掏手机,列足架势。然片刻过去,事态未有进展。心不耐,上前一步,大喝道:"走又不走,打又不打,害我脖子酸痛,还等什么 100 万!"

二人闻言,同时转头齐殴……终了,猛人获赔门牙镶牙费2000 元。

课儿三题

浸 润

学校开展诵读活动,小儿苦之。回家抱怨,说:"上学有啥用?天天背书,今天背,明天又忘记,还不如下河捉鱼,上树捕蝉,虽小,但收获实在。"

猛人半晌不语,后点头道:"既如此,下午请假休息。"又觅得一小竹篮,递与小男孩,又指眼前一小罐,吩咐说:"半天功夫也不能闲过,着你去河边用竹篮提水,罐满则已,否则不许晚饭。"

小男孩依照吩咐提水,半天过去,夕阳散乱,牛羊下来,水罐依然是空的。晚餐前,再诉苦:"竹篮打水一场空。"猛人微笑,说:"也不尽然,试试竹篮还扎手不?"小男孩试一下,答:"软了。"

猛人点头道:"这就是浸润之功,学问亦如此,无须日日精进,锲而不舍,功到自然……"

心 愿

检查作业，见有“心愿”一词，捉小儿考问，似乎懵懂。

猛人乃循循诱之，先讲道理，读书明理，学问吃“功夫”，“一物不知便深以为耻”小儿愈加茫然。

猛人沉思，又说明道：“心愿就是盼望。”再举例子：“心愿，就比如换牙时，希望牙齿快快生长，乳牙脱落，上牙要扔到阴沟里，上牙要抛到房顶上，否则长不出来……”

小儿以手晃牙，连连点头，猛人意甚欣然……

几日后，小儿噘嘴归，唇豁齿缺，猛人惊问何故。小儿怒冲冲，含混道：“都是心愿害得！”

又详细道：“课间下牙脱落，记得‘心愿’之意，置桌洞中。放学后，欲抛至房顶，恐扔不上去，乃发动同学，找仨凳相叠，爬上，尚未出手，凳先歪倒，又嘴对凳子，再崩掉两牙……”

潜 能

暑期至，小儿又拎回一张《暑期安全公约》，以不得下水游泳为要，猛人边签字，边牢骚：“这也家长签字、那也家长签字，义务教育成众筹教育了。”

妻接口反驳，说：“河里淹死会水的，这是对孩子负责。”猛人不悦，再叨叨诸多道理，力证淹死的毕竟不会游泳，又拿出杀手锏:"清X大学,不会游泳,不发毕业证!"妻怒怼:"那假期就去学游泳!"

游泳之事既定,猛人小有后悔,泳池虽远,泳装眼镜亦不便宜,教练更需费用。静夜辗转反侧,打定主意,住处不远有小河,自行训练,既可亲子互动,又能节省费用,一举多得……

平明既起,携子至河边,觅无人处,赤条条入水,煞是快活……七八日后,妻问成果,小儿仍半点不能,猛人囧,拍胸保证:"明日定见成效!"

翌日,再至河边,告小儿道:"不逼一下,人不知道自己有多大潜能,今天咱们去深水区,激发潜能!"小儿惊惧,猛人安慰说:"不怕,有我。如有事,我一个猛子下去,顶你起来!"言罢,劲推小儿入水,水没顶,小儿扑腾扑腾,眼见沉底,猛人紧慢入水救,溅起水花一片……钓鱼人循呼声救人,猛人父子饮水饱,狼狈脱险。

归,大被诟詈,猛人唯唯辩解道:"慌乱之间,想起水中鬼怪,忘记自己会游泳了。"

杠精三题

咸粘粥

猛人欲登门拜访女友父母，女友告之再三，父亲大人健谈，凡事儿较真，勿执拗。猛人谨记。

至家，行礼问候，看茶倒水，礼数毕。女父天文地理，古今中外，屡言语，猛人仅唯唯回应。茶水数巡，几无颜色，女父似乎无趣，再倒水，细问猛人父母所执何业？猛人据实回应：务农。女父道："务农好，这方面，我也深有经验可谈。前年适合种葱，去年适合种蒜，今年适合种姜，这些东西好，家家离不了，顿顿需要葱姜蒜……"

猛人闷头不语，女友见气氛尴尬，手推猛人道："你说呢？"猛人抬头答："也不见得，喝粘粥吃油条，就不用葱姜蒜！"女父拍腿，答："抬杠？我正等着呢，咸粘粥离不了葱姜蒜！"

举手之劳

年终考试将近，小儿学业不见长进，老师家访，劝家长督促用功。猛人顺势说理："书读百遍其义自见。学问没多少功夫，多读多写，举手之劳，人能之，吾亦能之，人十之，吾百之，长进也不难。"

小儿回嘴道："说得容易，做起来难，人家做得到，自己不一定做得到，小孩做得到，大人不一定做得到……"

不待猛人发作，手持一煤块投炉中，又道："这也是举手之劳，十分钟后，您取出来试试……"

狗剩的

猛人健身，日行万余步，举哑铃数百，旬日，罔有效果。自我感觉，喝凉水也长肉。咨询于同事亲朋、健身达人，一千人等俱不知所以然，乃求教于医生。医生开健身食谱。

至家，贴食谱于冰箱门上。其妻归，读之。开口道："见食谱，心中豁然开朗，前些日子深怕你打破了'能量守恒定律'，对照食谱，感觉胖的原因在嘴上，今后要管住嘴！"

猛人赶紧自辨说："这不怪我，粒粒皆辛苦，你妈剩下的我吃，你剩下的我吃，孩子剩下的我吃，如何管住？"妻说："这不妨，正想买条狗呢。"猛人大惊："使不得，狗剩下的我不敢吃，怕得狂犬病！"

乡间智慧四题

难不住

妻初有身孕，猛人忐忑，欲往妇幼保健院检查，又被告知不得鉴定胎儿性别。逡巡半日，往祖母处，七大姑八大姨，逐一打听，希冀沾亲带故之人，暗通款曲。祖母知晓，开口道："区区小事，又有何难，明日携我前往！"

翌日早起，产妇科检查人员众多，异常忙碌。众家长各端心思，医生守口如瓶。待检查完毕，祖母谢医生，顺口问："大夫，老辈人习惯，小孩子得起个贱名，好养活，你看叫'狗子'行不？"大夫抬头答："大娘，换个吧，这名字太爷们！"

够不着

猛人少时家贫,鲜有水果零食。麦熟之后,麦子面新磨,祖母蒸馒头一锅,携猛人走亲戚。

进门见院中有树,半搂粗,满树桑葚紫红,不觉垂涎。祖母瞪眼,复叹息,对亲戚说:"我们那边少有,娃儿嘴馋,也可怜。"又转头对猛人说:"树太高够不着,让你伯伯踹踹树,你捡地下的吃吧,刚掉下来的不脏。"

踹树后,猛人看看满地黑点,急切捡起一颗放在嘴里,又快速呸呸数声,连说味道难吃。疑惑的看向伯伯,伯伯说:"首先,桑葚要找熟的吃,紫红的才甜! 其次,你刚才吃的是鸡粪……"

马蜂窝

村口有大树,树上有鸟儿,也有马蜂窝。猛人与小朋友上衣蒙头,爬树捅马蜂窝,比赛勇敢。猛人赢了,顶一头包,哭喊着回家。

妈妈赶紧涂小苏打,涂醋,抹牙膏,猛人仍然大呼小叫。奶奶出,地上划两"十"字,令猛人两脚分别踩住,吩咐取厕所墙壁尿硝,而后口中念念有词,敷蜂蛰处。包扎后,奶奶问:"娃儿还痛吗?"猛人咧嘴哭答:"痛!"奶奶道:"不信治不了你! 随我到院子里,再治治。"

到院子,指一梯,令猛人攀爬。每爬几格,就问:"娃儿还痛吗?"猛人答:"痛。"奶奶说:"继续爬。"猛人爬数格,奶奶复问,猛人继续答:"痛。"

两次三番,一问一答,猛人已到梯顶。奶奶问:"现在好了吧?"猛人带哭腔答:"还痛啊!"奶奶怒:"痛还爬这么高,不痛你待爬到天上去!"

胳膊肘

猛人放假回家,晚上隔壁邻居串门,对猛人妈妈说:"太好了,小伙子回来,还有半亩玉米没掰下来,明天借用一上午!"

猛人妈妈面露不悦,推辞说:"孩子刚回家,上班辛苦……"猛人奶奶急忙打断,说:"亲帮亲,邻帮邻,远亲不如近邻,去吧!"猛人妈妈嘟哝说:"这胳膊肘向外拐……"猛人奶奶再继续说:"这借归借,有借有还,你家女儿也快回来了吧?正好我缺个孙媳妇……"

他山之石三题

学不了

十年寒窗,金榜题名。大学课业不重,活动甚多,猛人文不能赋诗,武不能耍剑,见有象棋社,遂报名参与,半年功夫,功力大增。

俟假期至,归乡里,无所事,乃于门前摆棋盘,与众人过招。每相敌,必先抓过大茶缸,咕咚咚,饮水半缸,然后棋子拍得山响,动一棋子,辄唾沫横飞,颈上青筋暴露,背诵棋谱数行,又讲道理若干。邻人翁某,皤然老者,日拄杖往观。

旬日许,众人不复往来,惟老者如故。猛人无聊赖,戏邀老者对战。老者摆手。猛人道:"无妨,不论输赢。"老者道:"胜败兵家事不期,原不为输赢。"猛人似有所悟,又道:"不擅下棋?"老者又道:"年轻时亦好此道,亦赢得四方高手,如今不行了,学不得高着。"猛人再邀请说:"如不嫌弃,我可以教你。"老者摇头:"算了,学不了,看了十日,感觉自己气门小了……"

学错了

当婚之年,猛人追求单位"女神",数年不果。假日归家,亲戚某劝解道:"追女孩也得下本钱,不仅是你侬我侬,卿卿我我,舍不得孩子套不住狼,如你这般,一毛不拔,如何赢得芳心? 既自知容貌不济,不妨在礼物上下下功夫,譬如鲜花攻势。"

旬日,猛人又回家。恰亲戚又来,寒暄数声,知猛人请假,欢喜道:"这就成了,难道要请假筹办婚事?"猛人沮丧摇头:"鸡飞蛋打,'女神'辞职了。"亲戚问:"过犹不及,追急了?"猛人复摇头说:"拿不准,思虑玫瑰贵重,我每天送一支月季,插她办公桌上,一周多……"

亲戚蹙额叹息:"还是小家子气。"半晌又问:"那你何以请假休息,欲追寻'女神'而去?"猛人摇头答:"这倒不至于,我只是想避避风头,关键是没成想那盆月季是老总亲手栽的,他还骂人,当着全体人员说,赔上都不行,要让采花的人长到树枝上!"

学反了

年龄渐长,少了逐梦的狂热,多了眼前的安逸与苟且,感觉还没怎么吃,肚腩就凸了出来。昨天还美名曰发福,今个就叫"中年油腻"。

为气质故,为"三高"故,为唠叨故,猛人制订健身计划,跑步、游泳、打球,健身卡、朋友圈、净食群,方法多多,效果了了。朋友聚会,大快朵颐之余,扪腹喟叹:"肥肉就是一条养熟的狗,前脚赶走,后脚又追回来了。"

朋友不以为然,脱外套,展肱二头肌,反驳道:"健身何难,科学饮食,适量运动,外加坚持不懈,如是而已。"随手发给猛人一健身视频,以一桌酒席为赌注,拍胸口保证:"照此办理,一月定成型男!"

月余,电话猛人,令请客。猛人电话中大怒:"半点科学也没有!五六个汉堡,三顿根本吃不完!一月下来,长胖十斤!虚假信息害死人!"朋友疑惑,细问缘由,方知猛人只看了片头汉堡广告……

物力维艰三题

极简主义

人到中年，年华似水，雄风不再，留住青春尾巴的念头一旦滋生，就难以挥去。猛人夫妇亦不例外。然，养生班太贵，辟谷清苦，清修难得功夫儿，夫妻多方寻摸，妻提出"极简生活"，布衣蔬食，减应酬，多自省。猛人略合计，猛点头，遂定计划，身体力行。月余，渐成习惯。

周日到，按计划行事。猛人独力清理卫生完毕，再检点一遍，见无多余之物，心有不甘。转至梳妆台前，见空瓶两个，晶莹剔透，造型俊美，欲摆博古架上，又念极简主义，随口诵苏东坡诗句"天地之间，物各有主，苟非吾之所有，虽一毫而莫取……"一手一个，托于掌心，下楼向垃圾桶走去。

去垃圾桶十数步，作势欲扔，恰邻居大嫂经过，一口喝住猛人。猛人讪笑解释，说："只是瞄准，不乱扔垃圾。"大嫂摇头，道："非是如此，这瓶儿似曾相识。"猛人递过，大嫂端详、点头，再道:"亏我眼尖,这瓶儿扔了可惜,网上回收,一个200多元!"猛人忙接回,高兴道:"白捡了500元!"旋又抚膺顿足,长叹道:"瓶儿200元,那整个得多少?"

不迁怒

双"十一"临近,猛人回家探望父母,面色凝重,似有心事。其父探问,简单告知说,一句话惹怒女友,女友将手机摔坏,需买新手机道歉。

其父正襟危坐,引圣人言劝说:"不迁怒。不贰过。不伐善。不施劳",自己怒气都不要发泄到别人身上,何况是摔东西呢,今后凡事儿小心,居家过日子,须怀兢慎之心,恒念物力维艰……"

话语未了,猛人母大声喝断,道:"别听你爹叨叨,钱我出,就喜欢这性情! 不像你爹,当年吵架,怒气当头,举起收音机,看看放下,举起暖瓶,看看放下,举起搪瓷缸子,看看放下……咬着牙,里外转三圈,最后撕了一张旧报纸,撕完还放锅灶里生火……"

以儆效尤

闲来逛街,近午,猛人与妻进饭店。挑座位,遍翻菜谱,不见便宜饭菜,再看一遍,定两份盖浇饭,两杯白开水,聊充饥肠。

片刻上饭,进行间,猛人忽然停住,叫道:"有苍蝇,换一碗。"并用筷子挑起,示意其妻。妻欲呕吐,又眼珠一转,用筷子敲猛人头,说:"笨蛋!一碗盖浇饭不值得,重罪轻罚,有何警示作用?不如再点几个贵菜,让老板一起免单,让他长长记性!"

猛人茅塞顿开,呼服务员至,再点名吃四五个。上菜后,正大快朵颐,猛人忽又停止,说:"坏了!"妻瞪眼说:"瞎嚷啥,快吃,知道你没换筷子!"猛人一顿,再悄声说:"比这严重,苍蝇不见了……"

婚恋三题

脸皮薄

男大当婚，热心人不少，猛人似乎不为所动，依然独来独往。既久，传言渐多，从性格到物件，大有"皇帝不急、急死太监"之势。

几个同事，趁机逼迫，软硬兼施，套得口风。原是猛人晚间公园锻炼，偶遇长跑女子，凹凸有致，动如脱兔，遂心如撞鹿，情愫萦怀，想必是唇红齿白，闭月羞花……

同事劝道："窈窕淑女，君子好逑，一万次梦想，不如一步行动，如此，易速表白，免得夜长梦多，今晚就行动！"又详细分析猛人说："读书太多，面皮薄，可携玫瑰一朵，于僻静处表白，去前喝酒一杯，免得开不了口。"猛人点头，如鸡啄米。

明日，猛人悄无声息。后天，猛人复工，面色苍白，同事打趣道："利刃不可近，美人不可亲。利刃近伤手，美人近伤身。道险不在远，十步能催轮。情爱不在多，一夕即伤神。"猛人叹息，道:"无关风月。饮烈酒一杯,入喉似火,急去公园僻静处守候,拦住未多言,美女就拍我后脑勺三下……"

同事急道:"亏你读了那么多书,人家这就是答应了,岂不记得《西游记》中孙悟空学艺,拍三下,是约定夜半三更,后脑勺是说公园后门。"猛人接口道:"《西游记》记得,但当时我晕了,今天刚醒来……"

害口羞

恋爱月余,女友父母约见。初登门,猛人颇志忑。喘息定,女友父亲,并无话说,频端茶杯邀请饮茶而已。女友母亲,亦略审门阀来历。猛人心稍宽。

又片刻,谈学历、工作、收入、房贷、车债,猛人汗出焦躁,心一横,如实交待:"清水一人,薪水不高,口袋比脸还干净。"

女友母亲,脸色稍动,道:"日子也是厚积薄发,倒也不必太计较,只是为将来计,彩礼还是需要的,不多一年4000元,12万就领人结婚。"猛人闻言窘,遽然起身欲行。女友母亲见状,以掌击几,怒言:"亏你是个大男人,害什么口羞,褒贬是买主,你就不能还个价!"

胆真大

工作数年，分毫不见结恋迹象。猛人父母成心病，催促花样层出不穷。假日近，猛人电话父母，说有好消息，将偕女友回家，见父母，度假期。父母甚欢欣。

是日，猛人与女友归，礼物之外，携女友白色宠物犬，喜庆起见，犬扎红头绳。进小区院门，女友忽扭捏，道有便意，又虑及初次登门，进门直奔卫生间，似不妥贴。猛人遂指示公共卫生间，并告诉说先行回家通知父母。

推门入，关门毕，其父见，猛人左手拉行李箱，右手抱宠物犬，遂一声叹息，道："你胆真大！大城市思想解放，观念新，我跟不上，不过好歹你也带个人回来，这么个东西，不怕它咬你！"

酒趣三题

一杯就好

　　猛人好热闹,喜饮酒,饮少辄醉,醉则无状,口无遮拦,甚至有拳脚相加事件发生。

　　其妻屡劝,惘有效果。归告家父。其父沉吟,道:"姑爷虽皮糙肉厚,然识字解文,文化人也,我识字少,恐难动其心。汝叔父屠牛为业,多为白刀子进、红刀子出的营生,俗语有云'放下屠刀立地成佛',或可劝解之。"

　　择日,猛人携妻拜访叔丈人。见面则一硕壮汉子,嘴大鼻方,虬须遮面,见面略无寒暄,开口直道:"酒不能多喝,一杯就好!"猛人嗫嚅应答:"天若不爱酒,酒星不在天;地若不爱酒,地应无酒泉……"被其立马打住道:"废话少说,待我用牛验之。"

　　言罢,牵过一牛。牛趔趄不前,则一手抚牛背,低声说:"无须害怕,一杯酒就好了。"猛人正诧异,则见其一手高扯牛鼻子,一手将酒尽灌牛嘴。灌酒完了,置酒杯于地,复照准牛脖,暴击一掌,喝道:"还未喝足?"牛应声倒地。又见其迅速操刀,洞贯牛喉,片刻功夫,血流满盆,牛眼圆睁,一命呜呼。猛人脸色沮丧。

又片刻功夫,洗手擦脸,备酒待客。猛人谦让,其正色道:"无须害怕,一杯酒就好了。"言罢干杯。猛人忙举杯尽饮,尚未推辞。又听他道:"还未喝足?"猛人急双手护颈,急急告辞,其后,猛人酒风顿改。

百密一疏

夏日昼永,同事小聚,论罢国际大事,叹完世事无常,贬遍熟识人等,啤酒、红酒、白酒"三种全汇"之后,再自动开启吹牛模式。

猛人量窄,举杯尽饮,推辞欲去。众人不许,有人指责:"喝酒,勇气也,众兄弟舍命陪君子,中途尿遁,来日何颜面相见!"

猛人唯唯,道个中情由说:"非是薄情,亦不惧杯酒,只是家规甚严,过量饮酒、深夜不归,必触妻怒,是以忐忑。"

同事再劝道:"此甚容易,我有妙计,进门之前,脱光衣裤,赤条条直奔床上,不问最好,遇提问,则对以如厕,屡试不爽!"

猛人抚首蹙额沉思,须臾笑,翘拇指道:"赛周郎!"把盏言欢,酩酊离筵。

翌日,猛人过午方到,众人抬头,见鼻青脸肿,惊道:"夫人手狠!"猛人摇头说:"百密一疏,实是妙计所苦。"众人不解,猛人细说:"前面解衣脱裤、悄然进门皆顺当,只是恍惚之间,认错了家门!"

何以忘忧

每天早晨,猛人都顶着一张热情洋溢的笑脸上班。同事们都知道猛人有一个私密的仪式:为保持好的心情,猛人在门前栽下一棵小小的树,并命名为忘忧树,每天下班进家门之前,猛人都会伸出双手,对着忘忧树做一个虚拟的悬挂动作,口中念念有词,将一天的烦心事和工作任务都挂在小树上,带着快乐的心情面对家人。每天早上上班前,面对忘忧树再虚拟一下,把工作任务带到班上。经过一夜调整,工作不难了,压力不大了,猛人的确每日生龙活虎、精神矍铄。

一天上班后,猛人闷闷无语,朋友问:怎么啦?出事啦?忘忧树泡上狗屎了?被砍伐了?猛人皆摇头说,非也。细问之下,猛人解释说,昨晚下班带公文包了,带公文包喝酒了,醉酒后被人送回家了,送回家时仍然举行仪式了,举行仪式时径直将公文包挂在忘忧树上了,早上上班举行仪式时,公文包不见了……

故乡四题

衣锦还乡

人生如树花同发,落叶总要归家乡。事业小有成就之后,酒酣耳热之时,猛人回家的愿望就分外强烈。回家的途径很便捷,妻子开车,无酒驾之虞;准备工作简单,无需礼品,推开饭桌就走起;繁琐的是回家的礼道,村南门外 100 米,猛人就下车步行,手提皮包,见人就行礼,口称叔叔大爷,双手慷慨塞人民币。其妻开车缓行跟随,乡人淳朴,知其醉酒,还钱于猛人妻。绕行一周,猛人再大叹一声:"富贵不还乡,如衣锦夜行耳!"上车返程,途中鼾声如雷。众人习以为常,猛人自得其乐。

一日,妻子外出未归,窗外春寒初退,残雪未消,猛人乐得逍遥,一壶老酒饮罢,思乡之情复发,呼出租车至,呜噜报村名,车辆疾驰去。不足一小时,误入相邻村庄。猛人风采依然,出租车跟随,遇人先喊大爷,后按程序塞钱,遍翻上下口袋不见,干搓双手,大着舌头搭讪,说:"树这么粗谁栽的?路这么平谁铺的？"老人回答："树是老少爷们十年前栽的,路是市里'村村通工程'和老少爷们捐款修的。"

猛人闻言焦躁,薅住老人袖子猛摇,质问："这么大的事儿,竟不知晓,这是看我不起！还有什么可干的？"老人随手一指路边池塘,说："就这池塘还需整修。"猛人再搓手,大喝一声："今日无钱可捐,先略表歉意！"扑通一声跳入池塘。水过腰至腹,老人惊,猛人叫,司机急救。几分钟功夫,猛人上岸,酒醒,摇头道："惭愧。"

翌日,捐款万余元整修池塘。此后,酒后乡愁之疾痊愈,其妻问缘由："莫非捐款心痛？"猛人答："非也,融冰之水,针砭入骨,一想就醒酒了！"

自　尊

猛人欲进城,村中"大明白"夜入其家,相与攀谈。细述昔年城中见闻,又嘱咐应注意之事。再告诉道："既是进城求人办事儿,断无再让人破费之理。吃住自行解决不说,即使出行,也应该乘出租车,免得被人看低了,丢了村中老少爷们的脸。"

又继续说："城中人最喜欢自恃高明,戏弄乡下客。但就乘车一项,也大有学问,和人一起乘出租车,要替人开关车门,还须坐在前排司机旁边,并找好零钱,以便结账。"猛人频频点头,以示回应。

次日,猛人进城。谨记"大明白"忠告,高楼林立之间,琳琅商品之前，面不改色，目不斜视，免得被人看轻了。找到欲拜访之人，招呼出租车，按"大明白"嘱咐，开关车门请人上车。然后，坐前排，告诉目的地。车未动，司机即道："请把旁边的带子系在身上，并将扣子锁紧。"

猛人看一眼身边的安全带，又扭头怒视司机，面色急剧涨红，大声喊道："我虽然是庄户人，坐车付钱的道理我懂，零钱都准备好了，还要捆绑，太欺负人了！"

道高一尺魔高一丈

猛人素好热闹，常以"狗长犄角"之类蜚短流长佐餐。一日，风和日丽，周遭安静，晚餐颇无聊赖，忽记坊间传言，有老年人遭诈骗，又与妻细数，月余未归省岳父岳母，忽头汗涔涔，说："二老虽非富豪，亦薄有资财，急需风险提示！"夫妻复讨论骗术种种，心愈惊慌，拟定购买《老年人防诈骗手册》等事项。

翌日晨起，二人联袂登门，问候完毕，即向二老展示《手册》。老人顺手将《手册》扔向一边，猛人见状，再背诵自编顺口溜："冒充亲朋来骗我，三言两语先唠嗑，现在外地或出国，急用现金来套我；有个项目要分享，胸脯拍得响梆梆，美好前景天花坠，小心空手套白狼；洗钱犯罪黑社会，法院传票在路上，一旦相信转了账，半生积蓄全白忙；血压三高特效药，不信广告信疗效，药品关键看批号；还有从天降大奖，宝马苹果和联想，上当受骗人很多，奖品从来没见过。"

顺口溜背完，见老人不以为然，再请示老人说："道高一尺魔高一丈，任他针对老人的骗术种种，我有一招足可拒敌千里之外！"

老人闻言疑惑，猛人擂胸自任："存折交给我打理，确保无事！"

老人摇头缓道："要不是今天登门，我都忘记还有位姑爷了，给你岂不更是被骗了？"

孝 道

古希腊人认为，阳光、水、土壤是生命三要素。猛人也是认同的。然身居闹市，眼见钢筋水泥的层林愈长愈高，密密匝匝，心中时有喟叹。又家有顽劣小儿一枚，假日来临，每每送至老家，由父母照看。一来避免小儿沉迷游戏、电视剧或其他不良诱惑，二来乐得清闲时光。更重要的是，含饴弄孙，父母也有个玩伴儿。自谓是为一举多得，朋友言谈，屡屡提及，颇得意。

又一长假将至，猛人不提"渴了吃青草、饿了吃蚂蚱"的乡村之美。同事疑惑，猛人道苦："小儿嫌乡村闭塞，声明无 WiFi 不去。欲拒，则假日无人照看；欲迎合，则恐游戏无度。是以犹豫。"诸同事七嘴八舌。猛人最终确定，给父母装宽带，祖孙相互约束。小儿遂顺利成行。

假期结束，小儿返回，果然兴高采烈，皮实许多，且报告，教会爷爷奶奶使用 WiFi、微信诸多功能。

三月后，又是长假。猛人欲送子陪伴老人。父母拒之，道："二人世界，打打游戏，看看新闻，亦甚好。孙子你们就留着自己玩吧……"

婚恋五题

借题发挥

猛人暂赁人一层居室住。初,以一层潮湿、视野逼仄、上层声响诸多原因,交涉不已,强求冀房东租赁费。

房东不允,辨解道:"窈窕淑女,君子好逑。楼道多有赁房女生,凡楼上必从一层经过,岂不多了搭讪机会?且如有衣物坠落,更可借题发挥,增进彼此了解。更闻说,秦人失鹿,捷足先登,一楼正是近水楼台先得月。不如签份长期租赁协议,以伺缘分到来。"自此,猛人不复哓哓。

后月余,房东收租,问及进展,猛人笑答:"君言极是,日前,风起之时,美女晾晒衣物洒落楼下,我迅疾捡拾整理,双手捧送,不仅得近芳泽,且喜说话若干,熟悉不少。"

自是房东每相遇,必询关雎之事。七夕临近,建议猛人趁浪漫之夜,行求婚之举。又建议即便购置戒指鲜花等物,猛人即便落实……

次日，房东再登门祝贺，见猛人怅然若失，问详情，猛人道："无衣物不好意思登门，又用竹竿挑衣物，不想被人发现，在派出所一夜方归……"

曲径通幽

一家有女百家求。邻家小妹，年相若，美容颜，追求者众。猛人为其中之一，虽多搭讪，未尝稍假辞色，是以夜夜辗转反侧。

友人启发道："恋爱之道，发乎情，止乎礼；浪漫之事，花前月下，岂可死缠烂打；且条条大路通罗马，何不另辟蹊径，其父喜搓麻将，投其所好，以此结交，功夫到处，曲径通幽或有可为。"

猛人信其言，精研牌术，频与女父打牌游戏。输钱5000余元之后，果日益亲近，渐有成莫逆之交趋势。友人再问收获，猛人有得意色，笑吟楚辞，说："既含睇兮又宜笑，子慕予兮善窈窕。"友人复建议趁热打铁，速提亲，料应水到渠成。

次日牌局终了，猛人委婉提倾慕之意，兼葭之情。不意女父一口回绝。猛人大错愕，急问："岂因玩物丧志乎？牌技不精乎？小赌乎？"

女父摇头答："麻将国技，亦游戏，输赢亦无妨。且妻要求高，管理严，我每月零花钱数十元而已。与你玩牌，于我大有裨益。只是，女深得其母真传，如婚嫁与你，你定无私房储蓄，我去何处赢钱！"

不可不顾

猛人好热闹，呼朋引伴，喜他人有事儿，一问到底，一则劝人"换位思考"，一则愉悦自己心情。

友人某频蹙额。强之再三，说："与生意人比邻，近年人家诸事顺遂，家境渐丰厚，盖新房、换新车，切妻性喜攀比，压力暗暗滋生。"

猛人哂笑，手拍大腿道："真真是比较产生痛苦，幸福就比邻居赚钱多？这想法忒浅薄，谁还没个富邻居，何须顾他，关上门来，谁不是过自家的日子……"

友不服其论，怼道："远亲不如近邻，邻里之间，难道井水不犯河水？"

略怔忡，猛人答："也不是井水不犯河水，我与邻居以墙为壑，泾渭分明。凡物品，逾我边界，概属我有。近一年已收获母鸡两只，桃杏无算，尚有一猪，诱捕未成。"

朋友道："亦太过……"

猛人回："是何言哉，我的地盘，还做不得主了？"

月余，朋友聚，菜初上，酒未温，猛人接电话，匆匆告退。朋友不允。急道："兹事体大，不可不顾，媳妇攀墙打枣，掉邻家了。"

性喜高洁

妻生日临近,猛人心中多有计较。

周末携妻去友人家。朋友夫妇颇热情。谈完天气朋友他人社会之后。友人话锋偏转,谈收藏,话名器,猛人兴致更高,随声应和,又详言玉石之德:"润泽以温,瑮理中外,舒扬远闻,不挠而折,锐廉不忮,仁义智勇洁,五德俱备。"

妻无从插话,神态索然半晌,欲去。猛人急止之,并道:"今日拜访无他,唯玉石高洁,价值高昂,拟寻摸一件,为君寿,不差钱。"妻坦言无趣,拒之。

猛人复絮语强之,妻怒其喋喋,道:"既不差钱,何不买汽车送我?"猛人未及开口,朋友解围道:"确实不差钱,但汽车没假的啊!"

万里挑一

女大自然是要当婚的,螃蟹也如此。一玲珑女蟹到谈婚论嫁年龄,她妈发誓:一定要找只与众不同的!千百度的追寻,翻江倒海的挑选,眼瞅着天下螃蟹都一个样,女蟹可就慢慢变老,壳都青中泛着红了,还是没找不到意中蟹呢,别蟹们都急了,连海龟都劝差不多得了。为娘的坚决不松口:"三跪九叩都过去了,还差一哆嗦?定寻只特立独行的。"

一天娘俩在海滩遛弯,兼着看蟹呢,就发现了一只相当与众不同的、居然是直行的男蟹。螃蟹妈立马拍板,就他了!当晚成婚,一夜无话。

第二天一早,女蟹喊男蟹说:走,咱们晨练去。一出门,螃蟹妈就发现男蟹横着走路了,急忙拦下问男蟹:昨天不是直行的好好地,今天怎么又横行了?男蟹磨磨唧唧半天,嗫嚅着回答:昨天、昨天,昨天我不是喝高了嘛。

常用语五题

闲人无乐事

退休之初，岳父规划生活：上午公园，下午茶园，晚上下棋。猛人及时点赞："颐养天年！"

旬余日，猛人登门拜访。寒暄毕，老人面有不愉之色。猛人旁敲侧击，问缘由。岳母直言："想法太多，总说没意思！上午公园散步，赶不上他人步伐，不开心；下午茶园饮茶，听不得别人议论，生闷气；晚上下棋，屡屡败北，无乐趣。"猛人闻言搓手，判断道："'闲人无乐事'，周日一起钓鱼散心，或可纾幽愤之情。"

翌日晨起，猛人如约前往，见岳父准备停当，遮阳帽、小马扎、热水壶样样俱全。二人至河边，寻僻静处，撒食打窝，下杆静坐。移时，岳父忽大喊："咬钩了，快帮我！"猛人跳起急奔，至眼前，收脚不及，推岳父入水。二人水中一番折腾，所幸平安上岸。又拧干衣服，晾晒半天，日暮方归。途中，猛人问："有意思否？"岳父仅嘿然而已。

伺周末，猛人复登门邀约，至则见岳父着运动衣，见猛人即摆手，示意落座。落座即开口谈："钓鱼之事极恐，吾仅此一女，下嫁于你，假以时日，家资定尽归于你，你无需急切，细思行事，公园散步就大有乐趣?"

解铃还须系铃人

妊娠有日，猛人之妻情绪变化日趋激烈，喜怒形于色，难测如阴阳。饮食酸甜苦辣咸皆不适宜，早餐鸡蛋一事，就多有挑剔。上煎鸡蛋，则挑煮蛋；上煮蛋，则挑煎鸡蛋；二者都上，则指责说："该煎的煮了，该煮的煎了。"

猛人大苦恼，咨之于医生。医生问情由，解惑道："情生情，肉生肉，生命连绵不息，临此生产大事，孕妇情绪波动也是常有的。"又告诫说："情绪波动过于频繁，则不利胎儿成长，故须体贴关怀，疏解心情，缓解压力是第一位，解铃还须系铃人，关键还要靠丈夫。"

猛人谨记于心。归，与妻交流，再三问压力，妻摇头否认。片刻，踌躇问猛人："临产日近，你认为孩子像谁更好些?"猛人宽慰道："像谁都好！"言罢，以为太过敷衍，又谦虚说："像谁都行，我相貌矮丑，只要不像我就好……"话音未落，妻忽双手攥拳，乱擂猛人胸口，并轻啧道："死鬼，怎么不早说?害人家担心半年多！"

只差一步到罗马

室友鳖头,抚顺人也,任姓,身高180有余,然腰不盈握,纤细如淑女,白净面皮,头小眼细颈长,不喜运动,爱好颇广,皆博弈、吉他之属,不出高声,殷然君子。

某日某女生及比舍相座,言及音乐谈兴大发,纵横阖辟,无人能望其项背,女子作钦佩状,为表明舞蹈的多样性,遂手舞足蹈,学维族姑娘之翩翩舞姿,脑袋晃来晃去,促狭者言——极类乌龟,一室轰然,此雅号之来历。

鳖头极友善,好为人师,初,室友6人,唯此君与尉东善手谈,一年下来,全室普及围棋基本知识,其更是称霸机械系棋坛,赢棋后总是志得意满,欣欣然,手下败将,不乏抓耳挠腮,屁颠屁颠跟随其后苦求一博者,鳖头多不应,曰:保持心理优势,更兼周末授吉他,宿舍渐成俱乐部。

名声大噪却是大二时,机械系与应用数学系围棋对决之后,其时,清明前后,围观者五六十人,某女近前助阵,鳖头执黑先行,神定气闲,三连星定势,固睥睨天下之态。至中盘厮杀,忽出大俗手,被对方捡漏,杀死一长龙,霎时脸皮变色,口内念念有词,坏了,坏了。欲推枰认输,诸子固强之,乃勉强终盘,细分秋毫黑竟有183子,仅输半目而已(按:黑子贴目183又四分之一为平局),为大家笑,半月未能抬头,后好事者改其名为"任半目"。古人云:看一个人的涵养,须在志得意满之时,看一个人的心气,须在满盘皆输之时。诚哉斯言。

当时只道是寻常

幸福指数高涨,猛人先购置汽车,后想起考证。

报名之日,即埋头学理论,不日,科目一一举通过,且得高分,教练表扬,喜,做大言:理论考试如此而已,操作考试唯手熟尔。

科目二考试,一次未过,自言因大意;二次未过,自言因紧张;三次未过,自言因细节。陪三届学员练习后,人似黑炭,手如鹰爪,计拔掉档位操纵杆五次,拗断转向轴两根,总结经验六条,包括教学、心理、意念诸多方面,教练讨饶,驾校欲退款,猛人坚持强调契约精神,不达目的誓不罢休,半年后,终成正果,接过驾照,抛向空中,大喊:苦心人天不负,今后终于不用再碰该死的汽车啦!

让成功成为习惯

朋友喜好打猎,猛人不顾自己高度近视,兴冲冲随之。先后出行三次,一次一枪未发,一次未见目标,一次误中朋友帽子。归,大觉沮丧。

朋友劝解:"成功也有心理学,一次次微小的成功进步累加起来,就能形成必然成功的心理定势,如此想不成功都难;业精于勤,勤学苦练,一以贯之,何愁不能成为高手?"

猛人闻言欣然。归，买兔子一只，麻绳缚其腿，一端拴树上，十米之外瞄准，轰然一枪，硝烟散尽，兔子杳然，前往查看，中麻绳而已。

乡村记忆三题

惹不起

夫妻夜话,妻夸邻居王哥巧言语,且举例道:"赶集经猪肉摊,师徒二人拌嘴,巧为排解,徒弟感恩。明明交钱买肉一斤,趁师傅不注意,徒弟微笑,操刀一割,足足三斤不啻,扔进篮子,令老王提溜走人。"

猛人听完,嗤之以鼻,哼道:"这有何难?改日看我手段。"

又逢集市,早餐之后,猛人提篮上市,直奔猪肉摊,磨叽半天,见师徒谈笑宴然,无冲突苗头,失落摇头,的无聊赖。

又转悠半天,时已近午,耳听得有人高声呵斥,急循声而去。去则见水产摊位,一女士面色赤红,脖上青筋青筋暴露,口中喝问。旁有一男,低声抗辩。

猛人暗喜,细听片刻,知二人为夫妇。欲劝解,然尤嫌不激烈。乃大喊:"怎么还不打起来?"

话刚出口,男子蓦然转身,一手扯猛人衣领,一手握拳,复扭头警告女士"再不闭嘴,将砸烂他的狗头!"

猛人愕然,别挣脱边说:"揍我,与她何干?"男子冷笑道:"揍你之后,警察定会罚款,罚款之后,过年她就买不成大衣!"

要不起

猛人少时家贫,耕读自立。数九隆冬,年关将至,衣食未备。

父母筹划无端,细数亲朋好友家境,惟五十里外、城中远亲尚且富裕,或可施以援手。乃令猛人前往拜访,冀有一得。

猛人遵嘱,骑自行车,驮青菜地瓜,至城中,寻亲戚。亲戚见,大惊喜,问状况,量身高,进午餐,知家中窘迫,赠油肉十数斤,装纸箱盛之。又偕猛人至服装店,置新衣新帽,猛人推辞再三,又想同伴新年衣帽光鲜之状,遂从之。

换装毕,试衣镜前,左右几圈选定,亲戚夸帅。猛人面红耳赤,急归。

冬日昼仄,去家十几里,日迫西山。又七八里,暮色降临,月亮升起,眼前道路发白,猛人脚下用力紧蹬几下,窜行百米,又细想:"夜晚沉静,如此归,岂不锦衣夜行,辜负亲戚美意,不如明日风光进村。"乃寻一避风处,美美睡去⋯⋯

翌年冬,再访亲戚,亲戚为猛人添置衣物,猛人坚拒,亲戚疑问:"式样不中意?家中已购置?父母不允许?"猛人皆摇头,再三逼问,猛人道:"实在要不起,为新衣故,去年冬夜差点冻死⋯⋯"

解铃还得系铃人

祖母笃信六道轮回,家中黄犬病死,连日郁郁,常喃喃自问:"不知那边可好?"竟不思茶饭。看医生,医生道忧思过重,气滞内里,又说方法:"心病终须心药医,解铃还得系铃人。"猛人默想片刻,似顿悟,扶祖母归。

是夜,伺风停树静、万籁俱寂之时,猛人悄然起行,蹑手蹑脚,至祖母窗下,伏地仿黄狗叫,数声而返。

次日晨,猛人问祖母安好,且道:"夜间似有犬吠之声。"祖母叹息,说:"夜半是你学狗叫,今天当找人为你驱鬼…

匪我愆期三题

真汉子

猛人恋爱,欲拜见女方父母。闻说女友之父颇具阳刚之气,心中甚忐忑,打退堂鼓无数。女友乃打气说:"不可灭自家志气,无须担心,到时见机行事,凡事儿帮你敲边鼓,自会向大里说。"猛人心稍安。

由是相见。女友父果然壮硕,铁面虬须。寒暄后,无多言,取茶几上核桃,两两相交,双手着力,"咔嚓"作响,再递与猛人食用。猛人嘿然色凛。女友忙找核桃夹子,并打圆场,说:"现代社会,力气小,可使用工具。"

女友父似不悦,接口说:"虽如此,身板好、有勇气,才是真汉子。"猛人自念形象猥琐,脸色一阵赤白,无言以对。女友再解围,说:"周末去游乐场,购'九霄惊魂'过山车票三张,我和闺蜜不敢上,人家在上面连坐三次,也算是勇气可嘉了!"

女友父脸色稍霁,猛人略感有面儿,再拍胸道:"这点小事儿不算啥,要不是服务员掐人中、送医院急诊,我能在上面待一天!"

周　到

　　"匪我愆期,子无良媒"。相亲之后,约会数次,介绍人与猛人谈:"求婚是婚姻的关键环节,见女友父母是良好开端。"又告知:"准岳父喜收藏,懂鉴赏,礼物不宜太俗。"

　　猛人四处搜罗,司马相如的犊鼻裈固不易得,秦始皇的夜壶恐怕也是假的,又字画价格虚高,珠玉宝石太贵……心烦意乱之际,随手点开购物网站,见一花瓶,漂亮异常。询价颇高昂。欲退出,不忍;欲下单,肉痛。踌躇间,又叙原委,求优惠。

　　反复数次,店主不忍,出主意道:"一分钱一分货,十分钱买不错,价格万万便宜不得。然,知音难觅,君如此痴迷瓷艺,切婚姻事关重大,宜成人之美,如不嫌弃,愿赠花瓶碎片一堆,正常包装。届时,可请快递小哥携带进门,交接之际,佯装失手跌落,亦足以敷衍,仅需快递和包装费用而已。"猛人大喜,主动双倍付费,又定时间地点,一再恳请周到服务,轻拿轻放。店主诺之。

　　约定登门之日,猛人捧鲜花至,口称伯父伯母;又道备一花瓶,聊表寸心;谦让之间,再手机催货。

　　几分钟后,快递小哥气喘吁吁赶来,"啪哒"一声摔倒,盒子扔出数步。猛人口中"啧啧",手上急忙忙拆盒子。众人屏息观看，层层打开，盒中果然有花瓶碎瓷七八片，但每片都做了单独包装……

真　棒

家中装修，猛人暂居岳丈家。妻约法三章，黎明即起，上得厅堂、下得厨房，尤其不要招惹家中宠物狗，那是老人的命根子。知居人篱下，猛人怀兢慎之心，谨遵执行。

晚餐后，清洗整理完毕。进入共同看电视时间，小狗忽至猛人脚边，边磨蹭边摇尾巴，猛人无奈，以手挠狗头，并夸奖说："这小狗真可爱。"岳母闻言，轻轻将狗抱过，面对狗说："乖，姐夫说的也不对，咱不仅可爱，还很棒呢，这几天，连到厕所拉屎都学会了。"猛人长舒一口气，说："这都能被夸奖，有时候人活得还不如狗呢。"说罢，无人接话，自觉失言，又自言语："我也去趟厕所。"。

几分钟后，猛人复至客厅，刚落座，即见岳父岳母似数一二三，同时转头面对，又同翘大拇指，夸奖说："你真棒！"

悭吝四题

赚　了

健身风起,闲暇时,广场上,常有武馆教练与小儿郎操练。教练"嗷"一嗓子喊开场子,众儿郎随声翻跟斗、扎马步、拳打脚踢,煞是热闹。

猛人偕小儿经过,观看逾时,心羡慕。教练列举习武益处,强身体,砺心智,促成长,等等不一。片刻又喊,组团报名优惠,千元可学教学数月。猛人略征求其子意见,遂报名缴费。

报名数日,猛人子打退堂鼓,兼早晚接送辛苦。猛人找教练退学。教练答:门有门道,行有行规,健身行当,卖点是梦想与期许,贡献者是办卡不来的,退学可以,退款不能。实欲变通,家长可再付半价,与子陪练。

猛人付费从之。进训练场地,见器械,杠铃哑铃单双杠,皆硬邦邦铁家伙;选项目,拳击跆拳道空手道,惧鼻青脸肿;复俯首卑词请学其他,教练又示之各类套路,南拳北腿,少林武当……见醉拳，猛人喜，说就它了。教练问原因，回应说："酒量大。"

后数日，猛人果然日日前往练习，中间休息则找教练索酒饮，自谓找醉感，再练则呕吐狼藉。十数日后，教练喊猛人退费。猛人数钱毕，面有喜色，自谓道："酒没花钱，终是赚了。"

跑　了

猛人追求美女，女意逡巡，久未果。咨之同事，漫应道："情爱，半是机缘，半是谋划。比如，爬山攀缘，方便牵手；醉酒狂言，可倾情愫。关键在于梦中有所思，心中有谋划，身体有行动。"

猛人摇头答："似乎无用，曾相约驴行登山，臆测野山道，背人处，陡坡上，少不得牵手借力，如有侧滑，更可拥抱入怀，不意其遥遥领先，至半山腰，我已筋疲力尽，无奈提前下山等候；又曾泡酒吧，其饮酒神速，而且海量，AA制结账，我自觉吃亏不少……"

同事略沉思，缓道："不宜如此计较，此法不灵，亦另有建议，公园新增'鬼屋'，闻说多怖惧场景，同游或有牵手机会，且开张酬宾，携女友者免费。"闻听免费，猛人咧嘴大喜，急告别去。

翌日，猛人神色怅然，同事问'鬼屋'之事。猛人答："果然免费，果然吓哭了，果然得亲近，我边鼓励，边帮着擦脸，十几分钟到出口。本来诸事顺利,不意她桀然一笑,吓坏旁边一小朋友,那小朋友边哭边跑,边跑边喊,:"不好了,不好了,那位叔叔把鬼偷出来了……"

省　了

"中年油腻"成热词,对照指标,猛人暗自励志。然,塑身非一日之功,谢顶又无可奈何, 自信需养成, 邋遢也是习惯了……摸向腰间钥匙,悄悄放进口袋,长吁一口气,微微一笑。回家开门,钥匙竟丢了!

上班说与同事,同事笑谑:"对手在出招,敌人在磨刀,朋友在减膘,老王在练腰。"猛人思及日常,心中打鼓,又恰逢妻外出数日,拍额决定做亲子鉴定,增强自信。

偕子至 DNA 亲子鉴定中心,问价格,答:"两人 2800 元。"问优惠,答:"一家三人半价。"猛人踌躇,全价心痛钱,半价心惧妻怒。逡巡出,见路边擦鞋女,忽有主意,李代桃僵,冒充妻子,半价交款,完成鉴定。

后数日,猛人前往取结果。甫进门,即被围拢,专家表示,鉴定多年,屡有"山寨爸爸"。然则此次鉴定,"爸爸是真的、妈妈是假的",百思不得其解, 恳请予以明示,并退还鉴定费 1400 元。猛人边接钱,边摇头说:"还差雇人的 100 元……"

恰　好

　　故土可离,方言可改,习惯却难根除,猛人也不例外。新年来临,不里外一新,总觉亏了自己。真要衣帽光光,又心痛亏了钱包。

　　同事某,知猛人心意,建议网购西裤,便宜,又显体型。猛人从之,借米尺,量腰围臀围裤长,定颜色。数日,裤子到,试穿剪裁周正,线缝妥帖,长短适宜。美中不足,腰围过大。欲更换,新年将至;欲穿着,甚肥大;欲扔掉,心痛钱。啧有烦言。

　　某拍额道:"每逢佳节胖三斤,换个角度看问题,非是裤肥,实为人瘦。春节应酬多,正可大快朵颐,稍微增重,既可以称乎西裤,又能珍惜食物,正是塞翁失马焉知非福!"猛人深以为然。

　　节后复工,同事团拜。猛人果然西裤笔挺,皮鞋锃亮。某笑夸说:"恰好合身,真是先见之明。"猛人撇嘴道:"更费钱,其他衣服全穿不进了……"

新年旧事三题

反 了

"新年到,新年到,姑娘要花衣,小子要鞭炮……"十里不同风,百里不同俗。猛人家乡,亦独有习俗。除夕之夜,五更时分,半大小子需手摸椿树,正反各转三圈,口中念:"椿姑姑,椿姑姑,我长你孤揣。"喊罢方可吃水饺,过新年。为求长高,猛人每每高声喊,反复转圈。后十数年,个子未见疯长,深以为憾。

及猛人有子,猛人之父含饴弄孙,除夕夜,复行抱椿祈长之礼。猛人不以为然,且道:"昔年我喊声最大,身材独最矮!"

其父怒怼道:"不是椿树不灵,该是你喊反了!"

幸亏

村前有河，人逐水而居，房傍河而建。河枯时多，淌水时少。乡人传说，昔年有神牛，隐于河岸，泛滥则吞风涛，干涸则吐甘霖，由是一方平安富庶。后有风水先生识破。逢大水际，撒数垛麦糠于河面，神牛喝水，麦芒刺喉，疼痛难忍，大吼而去。

是以，除夕夜，村民有唤"喵"习俗。日暮时分，小儿挑灯笼，口喊："喵来，喵来"，希冀神牛归来，祈福五谷丰登。

猛人幼时亦挑灯参与。某年除夕，风雪路滑，挑灯出门前，猛人反复问："如果摔坏呢？"其父答："不会摔坏的。"猛人不中意，再问，再答，数次后，其父不堪，乃大声道："摔坏不怪你！"

猛人放心去，喊小朋友同行，挑灯唤"喵、喵、喵……"不停，行数伍，路滑淖，猛人摔跤，灯笼碎。小朋友扯猛人起，庆幸道："幸亏小心，不然我也摔了。"猛人扎煞双手，应道："幸亏早说好了，摔坏不怪我……"

意思下行了

有钱没钱，回家过年。对照计划，近乎白忙，妻叹息道："不如门前肉夹馍小摊！"猛人不悦。

晨起，远观小摊，的如所言。又走近，见三两人等候，摊主面上堆笑意，口中扯家常，双手紧忙碌。略停顿，猛人喊："肉夹馍一枚,肉要精肉,不要见半点肥的在上面,辣子搁足！"摊主点头回应,三下五除二,收肉入馍,欲递与,猛人摆手道:"且慢,再来一枚,肉要肥的,不要见些精的在上面,勿放辣子。"摊主手下加力做好,一并递与,一边嘀咕,说:"谁这么挑食……"

　　猛人接过,两馍重叠,双手较劲压实,咬一大口,边嚼边呜噜说:"我就好这口,赚钱哪有如此容易?"摊主闻言持刀欲出,再问:"大哥,是不是还要一个寸金软骨,不要见些肉在上面?"猛人惊惧,连连摆手说:"不用了,饭量小,意思下行了……"

心事儿五题

将心比心

　　新年来临,同学同乡各种聚会接踵而至。猛人自知短板,叙友情口才不行,晒幸福收入不行,多忐忑。又接班长电话,中午同学聚会,遂以年终工作繁忙、请假难为由,却之。

　　班长强邀说:"毕业十年,十二年不见,何忍拒绝?同学聚会,重在友情,红花还得绿叶衬托。"又分析请假事儿说:"事假不允,病假肯定行,谁家常年挂'无事'牌儿?"

　　猛人接口道:"这倒也是,前阵子科长也请假不少,阑尾炎反复发作,做过阑尾切除术才安然。"电话那头儿,班长欢愉鼓励说:"这就对了,就说近日腹痛,老毛病阑尾炎犯了,需看医生。将心比心,科长定会应允。"猛人高兴,依计而行。

　　中午聚餐,气氛热烈。移时起坐喧哗,杯盘狼藉,众人履舄交错,欢然道故,私情相语。服务生催促再三,同学相约明年,曲终人散,猛人蹦跳下楼。班长不悦,指责道:"人尽喜聚不喜散,你为何雀跃?"

猛人苦脸回应:"非也,闻说饭后蹦跳易患阑尾炎,科长不仅准假,还帮我安排了医生,明天给我做手术,无奈,权且以此应急!"

天地良心

早饭点儿,猛人照例至门前小吃店,老板照例问候。猛人边点头边举食指一晃,老板手脚不停,边忙乎边喊:"好唻,牛肉面一碗茶叶蛋一枚……"

猛人立等,忽有系红领巾小朋友跑进店门,先喊爸,后嚷嚷:"快快快,面一碗,要迟到了。"老板伸手一拦,取钱递予,驱逐说:"今天不能吃面,隔壁吃馄饨去。"

猛人见状即刻质问:"此中定有猫腻,工作前你是否洗手?面粉配料来料渠道是否正规?担心小朋友吃了出问题,难道我等就该死,是何居心?"

老板速指诚信经营牌匾,赌咒发誓,力白食品确无安全之虞。

猛人冷笑摆手:"面条退掉,我也隔壁吃馄饨去。"

老板再赔笑缓道:"我只是为了让孩子到隔壁换个口味。"又手指正坐着大吃面条的另一位小朋友说:"天地良心,那位小朋友的爸爸就是隔壁馄饨店的老板,大哥你想歪了……"

医者仁心

猛人坐诊，上午九时许，有女子踉跄而入，入则急趋检查床，喋喋而言："痛死了，汗湿衣背。"

猛人略做检查，初定急性阑尾炎。问诊说："何时发病？"女子答："晨起之时。"猛人再问："如此痛疼，何不早来？"女子忍痛皱眉作答："忽然腹痛，未及洗漱，期间化妆而已。"

猛人闻言一怔，伸手道："手机拿来。"女子不解问："与手机有关？"猛人手持手机答："非也，既已化妆，我再给你拍一照片，供你发'朋友圈'……"

是何居心

金风初凛，寒冬未至，猛人兴致忽发，遂骑电动车至河边，横一钓竿，聊作莼鲈之思。

移时，又有美女至，静观片刻，猛人心悦搭讪，谈王二麻子、李二狗，搭界之人颇多。既久，谈秋日景象，果实之丰、绚烂之美，秋阳杲杲、层林尽染、北雁南飞、天高云淡、金桂飘香、秋色宜人。兴致未尽，又大谈秋日诗句，枯藤老树昏鸦，无边落木萧萧下，秋水共长天一色，云连雁宕仙家……

猛人嘴角泛白沫，美女点头唯唯。话稠之际，忽有铃声响起，美女接电话完毕，与猛人道别，猛人平添惆怅之意，惋惜道："今后但有需要之处，定当尽力而为。"

美女闻言呈羞赧之色，说："独自出行，匆忙赶路，既如此，烦请大哥借我胯下之物一用。"猛人惊，慌忙而言："是何居心？光天化日之下，如何使得？"

美女继续道："虽是萍水相逢，但大哥一爽快之人，何必计较许多？"猛人脸色顿红，喃喃自语："既如此，恭敬不如从命。"复答曰："容我去树林边。"言罢起身，向河边林地急行五六十步，不闻女子足音，回头看，女子正骑猛人电动车而去，并挥手致意："谢谢大哥！"

人同此心

猛人旅行，至海边，闻得大虾金贵，门票有诈，遂祭出持家法宝"凡事摇头"，看天看水看人头，果然不费一文。半日光景，饥肠辘辘，再按旅游攻略，找小吃街，摊前小坐，浅酌两杯，结账离去，心满意足。

又前行，从洗浴城门前走过，见招牌："金日特惠，平民价格，贵族消费。"心中默念，颇感好奇，行百二十步，又忽然记起千古名言："有便宜不占王八蛋。"

遽转身，再至洗浴城，问价格，服务生答："200元一位。"猛人转身欲离去。服务生又说："想便宜可选择去男浴室，50元即可。"猛人惊："那200元去女浴室？"服务生笑答："人同此心，你懂得。"

猛人乃打开钱包,取钱在手说:"没办法,钱都拿出来了,也体验一下贵族消费吧。"缴费毕,服务生引导猛人更衣。更衣毕,服务生引导猛人去澡堂,几步之外,即见浴室门上三大红字"女浴室"。至门前,猛人复逡巡,又问:"这事儿不得'打黄扫非'?"服务生一把扯过,边推猛人,边解释说:"没事儿,你想多了。"

猛人呼啦啦进浴室,双手捂眼,耳听一粗犷嗓门大喊:"又来了一个。"速移去双手定睛看,池中赫然六七个赤裸裸汉子……

误三题

扯平了

出差月余，猛人破例携一大包裹归，进门大喊："老婆，我回来啦，给你带了好多礼物！"

妻闻声从厨房出，满脸歉意，边用围裙擦手，边低声道："没想到这么快就回来了，昨日同学聚会，班长竟然尚未结婚，酒多话稠，絮叨半天，今天又登门叙旧，刚走片刻，我就煮饭，老公，对不起……"

猛人一愣，双手攥拳，脸红欲怒，又摇头摆手说："算了，这点小事儿，也压不死人，谁还没个冲动的时候，实话说，这次外出，我也单独约会了女同学，咱们扯平了。"

妻闻言近身，一把扯住耳朵，喝道："我对不起是只顾煮饭，忘记烧菜烧汤，你错了到底干啥了？"

不是你

天网工程推进,城区处处探头,恋爱季节,猛人与女友觅悄悄处,不得。

懊恼中,女友建议看电影,正中猛人下怀。进影院,灯光陡暗,人群处,磕绊找座儿。喘息定,见屏幕正播放唯美爱情片,猛人心动……突然,女友恼怒道说:"这是你该摸的地方?快把爪子挪开!"猛人囧,手足无着,欲道歉,又不知从何说起。嗫嚅间,女友娇躯斜倚道:"亲爱的,不是说你呢……

不差我一个

雨天,会议,近晌午,皆饥肠辘辘。猛人内急如厕,下蹲关门。数分钟后,会议结束。

总儿与主任亦如厕,站立小解。主任恭敬问:"领导会后有何安排,天雨路滑,容我表示一下,请您吃饭怎样?"总儿答:"不好劳你破费,算了吧……"

主任再挽留说:"为员工、为事业、为社会,领导辛苦异常,请您吃个饭表表心意,是应该的……"总儿叹息道:"知我者谓我心忧,不知我者谓我何求,人生知己难觅,既然非要请,也不好推辞,那一定别铺张浪费,就在这里吃吧。"主任点头,刚要回话。猛人推门而出,接话道:"在这里吃,也不差我一个,就不冲了啊……"

低调二题

腼腆

"办公桌前别性急,酒桌之上别腼腆。"概工作性急多干活儿,吃饭腼腆少吃东西。猛人以为至理名言,平日能躺着就不坐着,能坐着就不站着。然,假日归来,一反常态。坐卧不宁,乃饮食无度,虚火下行,屁股疼痛,疑为痔疮。同事推荐看医生。猛人从之。

移时,猛人捂脸归。同事问结果。猛人摇头道,医生脾气太急,没看成。同事不信,猛人诉原委。挂号、排队候诊,见医生,几句话后,即催促脱掉裤子。顾及面皮,又初相识,不好意思。数次后,回答:"生性腼腆,不好意思,还是你先脱吧……"医生怒,扇一巴掌,逐之出。

心　静

夏天到,男士肚腩小挺,捂裹严密,汗水滴答,常羡女士清凉。女士短裙吊带热裤,常惧大意走光。

办公室内争纠穿衣与风化。女士坚持说:男士看女士,第一眼体现素质。男士们忙表态,先看头,先看脚,先看衣着,先看帽子,等等不一,还有答案是:先看眼睛,没被发现,再看其他! 猛人独不语。

女士夸奖说:"谈论这个话题,你们就输了。还是大哥镇得住。"

又转头问猛人:"您的答案该是心静自然凉吧？"

猛人答:"也不是,我是先看刑法!"

尴尬中年二题

健　脑

"小时候不能输在起跑线上，长大后不能输在录取线上，工作了不能输在指标线上。"一路奔跑进中年，还没缓口气呢，"中年油腻"又成专有名词。对照定义，猛人更觉危机重重。尤其以记忆下降为最，过去的事儿忘不掉，现在的事儿记不着。妻补充说："今天输在发际线上，明天就输在前列腺上……"

为缓解计，猛人看医生数个。中医说扶正固本，西医说运动健身。择其概要，首要改善智力。又论方法，关键是脑袋要动起来。打牌费钱，看书太累，其妻定方略，今后负责市场买菜，讲价练口才，计算动脑力。

初，猛人羞涩，且计算谬误，屡多付钱。数日，讨价还价烂熟于心，渐进阶口头计算。周日到，黎明即起，悄悄出门，兴冲冲归，归则口中念叨："方法大有用，练习一周，智力没问题，买菜 3.5 元，口头计算终于与计算器结果一致，还赚了 1 元。"妻问缘故,答:"付款 10 元,人家找回了 7.5 元。",视其手中,问:"菜呢? 菜呢?"猛人惊愕道:"忘拿了!"

宵衣旰食

　　压力所至,猛人添夜间磨牙之癖,妻时有不寐,愤而推踹至醒,尤不自认承。妻录其声音,循环播放,先是悉索有声,又至咯噔、嘎吱不一。事实俱在,无奈咨询医生。治疗方法,不过拔牙、戒烟酒、淡名利之类,猛人皆不喜欢。归见妻,灵光一闪,说:"路遇大师,大师以为磨牙为发达前兆,正应'马无夜草不肥',无需治疗。"妻无奈点头。

　　自是,每睡前,妻必于床头摆花生米一碟,且令猛人先睡。猛人疑,妻回答说:"也是大师指点,可解磨牙之忧。"猛人无话,且喜无梦中惊醒之苦,甚自得。月余,猛人晨起洗漱,揽镜摸脸,自觉圆大许多。试问其妻,妻戏言:"或是'宵衣旰食'所致。"猛人不解。后数日,花生米外,又加馒头一枚,猛人再问缘由,妻答:"饭量太大,一碟花生米不够你吃的……"

最浪漫的事三题

礼　物

情人节近，同事或网购或订餐。又有人引用名言："婚姻也需要管理，爱是做出来的，不是说出来的。"躬身对照，猛人心有戚戚焉。

归，谨问夫人："情人节有何心愿？"夫人答"无。"猛人心有不甘，列举说："衣服鞋子包包？"夫人皆摇头。猛人好奇心起，继续追问："新的东西不稀罕，旧东西难道没啥需要更换？"夫人沉思良久，再摇头说："实无之。"猛人复纠缠，夫人无奈答："年年岁岁花相似，普通一天而已，何须饶舌，非要浪漫，可循去年的例子。"

猛人闻言，懵懂片刻，细想去年："情人节"本欲花前月下浪漫一番，不巧外出公务，发微信红包521元，聊表歉意。顿悟拍首，道："了然，还发红包，送你随便花！"

夫人摇头说："红包不红包，倒也不稀罕，关键是出差。"猛人搓手讪笑:"这样岂不失却浪漫?"夫人愕然改容,正色警告:"出差就出差,偌大年龄,别学年轻人没正行、玩惊喜,更不许言而不信,提前回来!"

骚　撩

工间休息,猛人一改铁公鸡行径,连续分享水果十数日。工友皆疑惑,以为大反常态,刨根问底。猛人无奈说端详,附近超市新添一妹子,既含睇兮又宜笑,兼唇红齿白,窈窕淑女,倾慕之,又无缘深交,遂日日前往买水果,寄希望于万一。

众人豁然开朗,又七嘴八舌出主意,皆以为如此撩妹太low,宜紧跟时代,骚撩为上。又有人戏说,某单位某,亦追求超市美女,颇有创意。某日,正装领带赤脚进超市,见美女,做咳嗽声,美女瞩目,问有何需要,某示以赤裸双足。美女笑,复为选鞋袜,遂成姻缘。猛人思谋片刻,跃起道:"这有何难? 彼能之,我亦可行。"

次日,猛人入办公室,闷闷无声。众人细看,乌眼猴青,骇问缘故。猛人告诉说,本欲仿效某人,思谋皮鞋价高昂,且有东施效颦之虞,遂决定将道具由皮鞋易之以内裤,着风衣以入,甫撩衣,未及细表达,妹子即惊呼,安保人员急至,遂被群殴……

报　复

春三月,花开夜半,猛人嘻嘻归。室友问:"疯魔如此,彩票中奖?"猛人嘿嘿,洋洋得意道:"甚于中奖,终得美人青睐!"

室友不信:"记得约会多次,屡屡被踹,失败真成了成功他妈?"猛人答:"这次不一样,约会前就用了苦肉计,先告知被虐无数,美女心不落忍,同意见面。"室友谛视,追问结果如何?猛人笑道:"至相约地,见她等候,我就放心回来了⋯⋯"

成群结队三十四题

反求诸己

世界杯开赛,猛人上班屡迟到。科长约谈,劳逸结合,不宜沉溺。猛人力辩无之,且解释原因说,实是邻居之过,彼电动自行车,凌晨时分,必定"呜哇"乱鸣十数声,扰人清梦,三番五次抗议无果,越想越气,终致失眠数小时,瞌睡异常,再睡回笼觉小补,是以迟到。又咬牙恨恨而言:"改天给他砸烂了!"

科长乃劝解说,区区小事,无须动肝火,邻里相处,和为贵,古人有言,"事有不成,反求诸己",何不在自身上下下功夫?猛人似有所悟。连续几日,正点上班,惟呵欠不断。

又一日,半晌方至,科长怒问缘由,猛人怏怏,道:"都是你的错!听信反求诸己,细反思,抗议无效原因是惩戒力度太小。昨晚将自己车锁锁到邻人车上,晚上虽然呜哇依旧,感觉竟有些悦耳,心平气和睡至天亮。上班时,见邻居用钢锯锯锁,亦快意,美中不足是我的电动车丢了。"

主题鲜明

长假至,校长告诫诸同学,内化于心、外化于行,学用相长。猛人归乡里,似无可用之处,常存念想。

一日,至集市,见杂货店朱漆招牌:"本店今日鲜鱼有售"。凝视沉思,对店主人说:"招牌似不妥,字太多,喧宾夺主。"店主人应:"识字少,请指教。"

猛人指招牌道:"'本店'二字多余,他人的店你也做不得主。"店主人点头,刷子涂掉二字。

猛人又端详,指"今日"说:"这也没用,昨天的不鲜,明天还不知道卖啥。"店主人点头,又挥刷。

猛人再看,又沉吟:"为什么写'有售',白白送人,岂不要喝西北风?"店主人答:"当然不白送。"急忙涂掉"有售"。

看着仅剩"鲜鱼"两字的招牌,猛人继续说:"现在主题鲜明了,不过还可凝练,'鲜鱼'似乎也无必要,隔着几十步就闻着鱼腥气了。"

想多了

季度总结,业绩下滑,上级要求"深入开展批评与自我批评,查找问题。"面对众人,猛人与同事某,当面锣对面鼓,动真碰硬,揭短亮丑,终至于大动肝火,科长急居间调停,不欢而散,又分别谈话,安抚情绪,强调各自反思,叮嘱主动沟通,团队合作。

翌日,朋友喜宴,猛人因故迟到。赶去饭店,已近尾声。甫进旋转门,展眼又见同事某,心中气又不顺,转念想起科长叮嘱,乃长吁一口气,面带微笑,迎面走去。某亦面带笑容,逢迎问候。隔数步,猛人热情伸出右手,同事不予回应,躲躲闪闪。猛人生气说道:"古人有话说,闻过则喜,两句批评还放在心上,连手都不给握了?"同事脸红,急伸手,猛人用力握住,感觉到湿漉漉的,再笑道:"何必这么紧张,手上出这么多汗,男子汉大丈夫,不该小肚鸡肠,今后还是好兄弟!"同事急抽手道:"想多了,想多了,厕所停水,刚才尿手上了!"

人性化

围绕团队建设,领导安排猛人牵头调研人性化管理问题。猛人通知诸同事,下班后讨论相关意见,严令不得请假。同事某以哺乳期为由请假,猛人以为不妥,且道:"可以请家人将小儿送来,会议很短。"

某无奈携幼子入会。台上猛人喋喋,目标、合作、执行力,时效、监督、5S……台下幼儿哭闹,某颇尴尬,无奈现场喂奶。诸人皆不满,提出人性化当从眼下做起,不能仅仅是形式主义。猛人见状,语无伦次,匆忙宣布散会。几步下台,到某面前,满脸歉意,说:"虑事不周,请原谅。"又伸手拍小朋友的脸说:

"宝宝真可爱,脸真嫩……"某脸一下子变成红布,怒道:"看准了,孩子脸在那边!"

跑　偏

　　猛人参加家长会,老师陈述完毕,家长发言,从运动、安全到环境、沟通,众说纷纭。猛人独不语。

　　老师遂点名征求意见,猛人乃缓缓道:"家长们维权意识高涨,学校也是弱势群体,捐钱捐物,开展活动,算是众筹办学,我们也就认了。只有一事该管管。"

　　见众人洗耳恭听,猛人继续说:"我最反感的是辅导孩子作业!"老师忙问:"因为您工作忙?"猛人摇头,激动地说:"不是因为忙,而是辅导作业就跑偏,特别数学作业,很容易跑偏到生物学上,伤害亲情、甚至伤害家庭关系!"

　　老师不解,追问何以至此,猛人继续道:"每次辅导作业,总感觉孩子智力不及自己,每感觉智力不及自己,就怀疑媳妇基因所致。每怀疑媳妇基因所致,媳妇就怀疑不是亲生的!"

眼力不行

新员工入职,科长提前安排,要求猛人结合实际做一简单培训。猛人半宿未眠,演习腹稿数遍。清晨即起,化妆镜前,边感喟"最是人间留不住,红颜辞镜花辞树",边剃须、修面、剪鼻毛,捯饬半天,衣帽光鲜,信心爆棚。

至单位,猛人起立无数,饮水几杯,摇头咂舌多遍,翘首以待。半晌,两美女翩然至。猛人眉眼俱动,口绽莲花,什么组织使命、什么行为规范、什么文化理念、什么基准原则,一一道来。两位新人表情木讷,猛人见状,双手一摆,做擦黑板状,再强调说:"这些今后慢慢理解,简单讲,不过是手勤、嘴甜、有眼劲。"又进一步解释说"手勤,就是早到开门接电话找人;嘴甜,就是捡好听的说;有眼劲,就是察言观色。"

新人似有感悟,点头频频,对视一眼,嫣然一笑,齐向猛人说:"谢谢前辈赐教!"猛人面色一沉,加试一题,让猜猜年龄。一美女脱口说:"您也就刚四十。"猛人摇头,美女连忙追问:"我猜的差几岁呀?"猛人说:"十岁。"另一美女兴奋接话说:"真显年轻,说您五十,我还真不信!"

以人为鉴

同学大聚会,二十几年过去,看着似是而非的面孔,感慨岁月之余,猛人套用村上春树《挪威的森林》里的话,心中暗暗说:"聚会是一场秀,熟悉的人会更熟悉,陌生的人依然陌生。"

　　然而,邻座的人似乎很热情,一会儿主动倒水,一会儿帮助挟菜。猛人连连谦让,又细观眉眼,猜不出是谁。灵机一动,找出名单对照,猜老王,感觉头发不该如此斑驳;猜老李,好像不会有如许皱纹;猜老张,似乎不该眼带红丝、眼袋水肿……临近末了,仍不能辨识,心有不甘,试探问:"我似乎脸盲,认不出来,你确定是 X 年纪 X 班的?"邻座起立答"绝对是,当年我在中间第三排。名叫某某。"

　　猛人再端详数分钟,恍然记起,拍额头,道惭愧,又自我解嘲说:"见笑,岁月是把杀猪刀,红了樱桃,绿了芭蕉,想当年小哥一表人才,不意如今苍老若此,恕我眼拙罢了。"邻座摆手止住,紧跟解释说:"不敢,其实我也忐忑。这几年感觉,现在的事儿记不住,过去的事儿忘不了,瞅您特面熟,惦记了整晚上,现在特别想知道您当时教什么课……"

他人即地狱

　　猛人自称是有洁癖的人,"饭前便后要洗手",虽时常颠倒为"便前饭后必洗手"。然,洗手必用流水,厕纸定要名牌,循"五步法",手心手背指尖指肚面面俱到,后再涂乳液防护。洗涮池中,盘杯堆叠,数日一清洗。然,外出饮食,必需器具精良,且佐证以圣人之言:"美食不如美器。"

夏日正午，归家途中，口渴思饮。心血来潮，径直入路边啤酒屋，喊来一大杯啤酒，见人员纷纷籍籍，忽念胃肠传染病多发季节，杂乱人群，忧惧传染。欲罢，又惜花费，扫视众人端杯痛饮之状，急中生智，见杯把处无人下嘴，遂旋转眼前酒杯，从杯把处下嘴，放心啜饮，窃喜又得一生存秘笈。

啜饮未已，目光游移，见又有一人，亦从杯把处饮酒，顿生惺惺相惜之意，移步轻就，点头致意，开口道："杯把处，人多不用，甚可放心。"其人报以微笑，答："无他，适患痢疾，从杯把饮来，防感染他人耳。"

一分钱一分货

岁月蹉跎，事业变饭碗，柔情变柴米油盐，领导批缺激情，妻子嫌少浪漫。猛人一概以"经济实惠，'理工男'"对答。妻子嘲之，说："隔壁王哥，一面墙大的电视都是自己攒的，家电家具从没更换过，这才是'理工男'，似你手不能提、肩不能扛，结婚多年，电器水暖你只会按开关，何来实用之说？"猛人以此为恨。

忽一日，同事谈论 DIY，各述神通，组装电脑、家具等等不一。猛人心血来潮，下决心网购净水器组件一套，欲一展身手。

货物到，猛人择休息日，于客厅中摆开，图纸一张，弯头、阀门、管件、线缆五十多样。妻子疑之，猛人坚定点头，微笑不语。半天精研图纸，再关闭手机电视，杜绝一切干扰，通宵达旦，次日凌晨，终至完成。

早餐时间，踌躇满志，邀妻体验。妻接水饮，皱眉，质疑口感生涩，猛人辩道："配件价格已高于成品机，质量定无问题；安装严格按照规程，不仅运转正常，且节省配件五个，绝对经济实惠；一分钱一分货，十分钱买不错，口感生涩定是补充了微量元素，大益健康。"妻乃无言。

后半年，请师傅登门更换滤芯，妻述组装之事，并言口感不佳，师傅微啜即吐，略查看，大笑道："净水管与废水管接反了。"

转移疗法

猛人入职，先几年，自矜锋利如"锥"，希冀脱颖而出，不得；又几年，坚信是金子总会发光的，惜乎才华不售；再几年，渐增不平之气，视单位为"铁布袋"，难有出头之日，故常自叹息。

朋友规劝"行有不得，反求诸己，宜自省自励，确有不良情绪，可试用转移疗法，尽情倾诉，譬如一盆污水尽倾他人桶中，定有奇效。"

一日，下班后，无聊赖间，瞅见大桶水，念友人转移疗法，顿有感悟。返身找来脸盆一只，烧水倒入脸盘，徐徐除去鞋袜，谨慎浴足其中。细想省却自家水电、又有纯净水的便宜，颇感周身通泰。

自是习以为常，心情稍解，友人问心情之事，猛人略表谢意，又以转移疗法含糊答之。友人细究，乃道在办公室洗脚之妙。友人以纯净水制备复杂、浪费水源责之。猛人振振有词答："也没浪费，洗完后，我又转移回大桶了。"

第二层思维

亲戚承包建筑工程，猛人谋的一职，以实在故，专司看门守夜，要求勿损失建材资料即可。

初，猛人乐得清闲。既久，渐觉不被重视。遂严格门禁，以至于下班时间，近乎搜身，众人颇厌之。有毛头小伙二人，独不为怪，经猛人面前，一人疾跑，后者举钢筋一节急追。三番五次之后，猛人问追逐之故，其一答："追逐打闹，人之常情，何不用第二层思维推导缘由？"猛人以工作矛盾、脾性不和、争夺女友，诸多原因推测之，皆不相符，遂习以为常。

年余，施工完毕，众人散伙，猛人请客，求二人言说第二层思维之事。宴饮毕，二人道："司空见惯之事，亦会掩盖背后本质，追逐无他，图一截钢筋耳。"

山色有无中

天气炎热，工作繁忙，外加微信朋友圈消息频繁，猛人懒于洗漱多日，忽觉胃肠不适，打嗝放屁，口臭脚痒。自谓亚健康，妻道玩手机、伤颈椎之故。猛人调整姿势，捧手机，卧沙发，诸症未消除，再添腰痛。又见朋友圈有养生之道，尤推一地儿，百岁老人许多，人人乐居，且康且健。遂下决心，前往取经。

驱车至，果然林木青葱，鸣声上下。村口古树下，更有老者矍铄而坐，蔼然凭几，几上置空碗两只。前往致礼，问颐养秘诀，老者仅点头而已。问询再三，似有厌烦之意。忽起立，望猛人从来处。猛人随之眺望，山岚轻雾，远山翠黛，又有清风徐来。忽自觉悟道："谢老丈，我已了然。空碗两只，是说餐风饮露可辟谷长生；远望山色，是说阳光空气富含天地能量。"

老者闻言忽有怒意，开口说："我年仅六十有余，劳作过甚，外貌老相而已，何称老丈？且养生之道岂可乱猜？今日有酒厂和矿泉水厂前来拍摄，谁家广告费高，谁的产品就是秘诀！"

不是报复

单位征求人性化管理建议，猛人提意见："雷厉风行，婉转批评。"领导点头称赞，并决定从考勤开始。

后一日，下午上班时间，领导在签到处督查考勤，猛人与三名同事鱼贯而入。领导问迟到原因，其一答："开车爆胎。"领导点头。其二答："开车爆胎。"领导点头。其三答："我搭同事'顺风车'。"领导亦点头。轮到猛人，回答说："也是开车爆胎。"领导不悦，眼盯猛人的脸道："你不开车爆什么胎？麻烦撒泡尿照照，然后再编个理由！"猛人闻言作色，道："典型打击报复，撒尿就撒尿，我如何就不能开车爆胎？"

言罢怒冲冲去卫生间，撒尿几滴，又到洗手台前，抬头看镜子，一张被愤怒扭曲的脸满满的印着凉席印，叹息道："竟是凉席出卖了我……"

想多了

猛人与同事三人迟到，领导要求去其办公室，先予以训诫，后要求申明理由。

其一辩解说："上班途中车辆爆胎。"

其二辩解说："路遇同事车辆爆胎，帮助更换。"

其三答："前面同事两辆车停车更换轮胎，造成道路拥堵，故来迟。"

轮到猛人，猛人答："我搭他们的'顺风车'"。

领导闻言点头不语，略一沉思，请四人先出去，再依次逐一进门提问。四人按要求出门，第一人敲门入，领导问："前轮，还是后轮爆胎？"第一人略沉思答"后轮。"领导请其一旁站立，再请第二人，第二人作答如上；复请第三人，第三人作答如上；

猛人后至，领导同样提问，猛人沉思后，答："后轮。"领导复追问："确定？"猛人踌躇，三名同事急，俱以手做 OK 状，连点头带比划。猛人转眼一看，做了然状，又急转头向领导改口说："刚才是骗您的，实在是三个轮胎一齐爆了！"

推己及人

办公室内，猛人长吁短叹数声，面色凝重。同事问缘由，欲言又止。科长见状，心有不甘。趋步上前，置水杯于猛人办公桌上，再用手指轻敲桌面，细问缘由。

猛人吞吞吐吐作答："适才去卫生间，走廊遇经理，谈月度业绩，极不满意，不由分说，直言扣月薪千元，是以气结于心。"

科长端水杯，轻啜一口，呵呵一笑，劝解道："多大点事儿，就挂在心上？国有国法，家有家规，没有奖惩何以惩前毖后？不触动个人利益，何以让大家知道痛痒？头狼不容易，没有过不去的坎，只有过不完的坎；自己没有安全感，还得给大家安全感；换位思考、推己及人就理解老大、心平气和了。且牢骚太盛防肠断，风物长宜放眼量，塞翁失马焉知非福，引以为戒，下月你就赚回来了！"

猛人脸色霎时开朗，起立击掌，说："讲的太好了！经理让我转告，说扣您千元，刚才我正愁着如何告诉您！"

科长惊怒，回应道："艹，凭什么扣我血汗钱！"又怒斥猛人说："没事儿就在办公室呆着，别去厕所乱转！"

差一点的好人

　　猛人在快餐店打工,早餐时间,一小朋友拉扯女士至,定要点汉堡,女士不同意,对小朋友说:这里用的肉不新鲜,不能吃垃圾食品。

　　小朋友问猛人:叔叔,这里的东西坏了吗? 猛人坚决摇头说:新鲜啊,都是国际知名大公司呢,年年检查、月月检查呢,你看这么多人都吃着。

　　小朋友点头,笑着对猛人说:"叔叔,你真是好人。"猛人点头又摇头,回答说:"不敢当,叔叔差一点是好人。"小朋友继续问:"叔叔,差哪一点?"猛人回答说:"差你不会上网看新闻。"

你幸福了吗?

　　猛人逛超市消暑气,遇前女友,彼此寒暄,问过得怎样,都说挺好。前女友莞尔一笑。

　　前女友推购物车,猛人仿照,两人行至烟酒柜台。前女友停车挑选烟酒,猛人不甘示弱,有样学样,跟随挑选。随后,亦步亦趋,至收银处结账。前女友提醒:"烟酒价格高,也无大用,还是省着点好。"猛人答:再高也是让人消费的。前女友无言,猛人得意。柜台结账,价值2000多元,猛人咬牙刷卡。

　　刷卡完毕,欲道别,前女友正拨电话,示意低声,猛人听得电话声:"王总,礼品买好了……"

基　础

同事长吁短叹，猛人关心，得知异地恋，担心长时间不见感情变淡，爱情变质。猛人总结：爱在天上，是星星月亮；婚姻在地上，需要锦衣玉食，物质才是基础。又提出建议：隔三差五网购礼物，不愁美人不笑。

同事深以为然，常常网购礼物，女友亦满心喜欢。半年过去，女友嫁人，新郎是快递员……

面试辅导

朋友拜访，请猛人辅导孩子参加公务员考试面试，猛人连连推辞，说自己多年未认真学习，多年没动笔写字，多年未参加考试，无能担此重任。

朋友坚决邀请，猛人无奈，择日至朋友家。见朋友之子，欲谈面试话题。朋友忙止之，说："不用讲那些，我出几道题你答一下，让他领悟即可。"

猛人答应后，朋友出题三道，猛人风牛马仓促应答。应答后，朋友千恩万谢，送猛人出门。

旬日，面试成绩公布，朋友之子顺利过关。猛人接朋友电话，又是感谢又是感激。猛人心虚，谦让道："能力有限，发挥不了决定性作用。"

朋友沉吟了一下说:"孩子刚毕业，不太自信，心理不稳定，还有些怯场，但是听你答题之后，他彻底转变了，还说你都能干好工作，他没有什么可以自卑的!"

高

天气炎热，工作繁忙，猛人肝火上升，心浮气躁，下决心入深山，觅大师，求高着。大师指点迷津，谈及"葵花宝典"，猛人面有难色，大师道:施主理解错了，只是请你修习女红，磨练心性而已。

猛人归，购8平尺十字绣底图一副，置办公桌一侧，每有怒意，则取过飞针走线一番。初，领导与同事们似有啧言，猛人亦颇愧疚。既久，众人习以为常，猛人亦变"工作之余刺绣"为"刺绣之余工作"。

半年功夫，一副"清明上河图"居然栩栩如生，扎完最后一针，猛人甚是自得:"修身养性何难，一幅十字绣下来，物我两忘，宠辱不惊矣。"

话音甫落，领导一把扯过十字绣，说:"根据公司规定，上班时间不得干私活儿，十字绣没收。"猛人急火攻心，晕倒在地……

喧嚣与真实

朋友多方撮合,猛人终能约见心中"女神",音乐悠然,咖啡逸香,灯光迷幻,相对封闭的二人世界,谈艺术谈人生,谈莫言先生近期在广州题为"喧嚣与真实"的演讲,社会现实的喧嚣之下,真实是否永被遮蔽?个人被世间喧嚣所笼罩,个人真实如何保持?

话稠之际,情意款款之时,猛人忽觉肚中五谷轮回之气勃发,欲禁不能,灵机一动,说:"为营造氛围,我学一段布谷鸟、也就是杜鹃的叫声如何?"

女神错愕,点头漫应之。猛人遂学布谷鸟鸣数声,捎带着把屁放了。然后,长舒一口气,轻松地问:"如何,我学的像吧?"

女神掩鼻摇头说:"放屁声音太大,我没听清……"

讨"彩头"

单位中层竞聘,猛人盼望已久。为胜算计,请示妻,批经费3000元,购得里外全新行头。

是日,西装革履,镜子前左右顾盼,问:像不像领导?其妻答:很像。闻言甚是自得,边出门边留话说:"好日子来了,今后你就和领导生活在一起。"

至晚,垂头而归。闷闷而言:"不是说像领导吗?怎么选不上？"其妻答："是啊，西装、衬衣、领带、腰带、皮鞋都很像，只是不知道今后我该到哪里生活？"

一诺千金

工作归，遇小儿和小朋友们院内玩耍。猛人问：功课复习未？作业完成否？猛人之子答："完成了！"

猛人回家立马检查作业，见有数学题一道，只写问题，答案尚为空白。复出，寻小儿，现场讲"匹诺曹"故事，循循诱导，又辅以"一诺千金"成语。

小儿低头认错，表示今后一定"言必信"，身体力行之，回家后先完成后外出玩耍。

猛人点头予以肯定，又牵小儿手，欲一起回家。小儿边挣脱边说，刚才与小朋友们一起"藏猫猫"，诸小朋友已藏匿，轮到自己寻找了。

猛人用力钳制，边拖拽边说道："不用担心，不会影响到你们游戏，我们先回家吃个饭，饿极了，他们自然会出来的。"

高　调

朋友请客,猛人夫妇赴宴,其妻叮嘱:"菜要少吃,酒要少饮,凡事儿挑剔,勿露怯,免得小家子气。"猛人然之。

至酒店,朋友点菜,生猛海鲜,猛人拒之,嫌腥;猪牛羊肉,又拒之,嫌长胖;各类青菜点完,朋友再点禽类,服务生推荐特色鸭舌,猛人再拒之,说:"鸭嘴里出来的东西,太过恶心,我吃不下。"

服务生不悦,问:"先生,到底喜欢何物?"猛人大声回答:"鸡蛋!"

我知道了

邻居之子学阿基米德定律,放学归,遇其父,喊:"我知道了、我知道了……"

其父惊问:"你知道啥了?"其子不答,其父低声说:"千万别告诉你妈,给你 50 元零用钱。"邻居之子惊喜接过,迅即买零食玩具若干。

次日早,记起昨日之事,对其母喊:"我知道了、我知道了……"其母捂其嘴,说:"给你五十元零用钱,再喊撕烂你的嘴!"邻居之子喜,不啻阿里巴巴得到了"芝麻开门"。

越明日,遇猛人,亦大喊:"我知道了、我知道了……"猛人揽之入怀,谑笑说:"孩子,你终于知道了。"晚,猛人被邻居痛殴。

你已经知道

上班途经一宠物医院,猛人每日必逗留数分钟,观赏而已。

一日,见店门前新添一鸟笼,笼内储一虎皮鹦哥儿,遂逗弄之。稍后,鹦哥儿怒,骂:"走开,你这丑八怪!"猛人自觉无趣,逡巡而去。

次日,经宠物店,鹦哥儿复詈之"丑八怪又来!"无故遭骂,猛人怒不可忍,找店主。店主领猛人至鹦哥儿前,警告说:"不得恶言秽语,如若不然,拔毛油烹!"猛人满意而去。

越明日,猛人复至宠物店,放心玩鸟儿。鹦哥儿又怒,羽毛奓开,猛人警示之,说:"记住昨日警告,骂人就拔毛,炸你下酒!"

鹦哥儿答:"哈,我想说的你已经知道!"

"高仿"

男色时代,型男需八块腹肌,时尚需低调奢华。猛人摩腹自问,自觉无勇气流掉一吨汗水;摸唇沉思,更舍不得鸡鸭鱼肉;掂荷包思量,阿堵物实是不多。无奈,遂在"高仿"上下功夫,"类名牌"衣帽齐备,看看手腕,决定再添饰物。

购物网站上多方搜罗,终确定物美价廉、买一赠一的"高仿"名表一只。询问质量,店家确定"高科技""高防""高效理赔"。再问,高科技,为"动能驱动";"高防",为"防水、防震、防磁";"高效理赔"为非使用不当造成的质量问题无条件退款。又侃价,店家决不二价,但保证赠品有惊喜。猛人认可。不日,快递到门,见有手表和闹钟各一,欣然接货。

佩戴半月,手表壳已有锈迹,且每日慢半小时以上。猛人乃电话售后服务,求退款。客服回答:使用方式不当所致,未达到"防水、防震、防磁"要求,今后不仅需要保持手表干燥,而且还需要注意其他"二防"。又说走时不准,客服再答:动能不足所致,配合闹钟使用即可。猛人详询,客服解释:闹钟于夜间十二时振铃,闻铃声即校准时间,再佩戴手表于腕,前后各挥臂五次,然后,安心睡觉即可,夜夜坚持,定可无忧。

猛人怒,客服再耐心解释说:先生您该庆幸,闹钟还是比较准时的。

家有芳邻

腹中装几瓶啤酒、一堆肉菜，步履不免阑珊，上楼梯连连气喘，更有放水减压的阵阵尿意。家门前，周身寻摸钥匙，竟无所觅处。无奈之下，猛人按下对门的门铃。

叮咚数声之后，门内有女士应答。猛人自述："乃对门邻居，欲登门拜访，兼借用卫生间方便。"

女士透过猫眼端详再三，说："看起来倒不像是坏人，既然是对门邻居先生，请回答几个问题确认一下，小区供暖管道何时改造？供暖费用每平方米几何？院内有几只宠物狗？分别是什么颜色？花园内何种花朵先开放？树上的石榴还剩下几颗？"

猛人边思索、边磕磕绊绊的回答问题。片刻功夫过去，女士言道："看来真是邻居，敬请原谅失礼之处，待我开门请客。"猛人打一哆嗦，羞愧回应，说："谢谢芳邻，这次就不用了，已经来不及了"。

也许是

微商营销甚热，朋友某热衷推广，遇人就拽新名词，"新四大发明""理财渠道""会员制""回报率"不绝于耳。猛人疑问账户安全，某答："容易，密码设的复杂些。"猛人又问"记不住咋办？"某再答说"记在隐秘处，既可保密，又不耽搁使用。"

后数日，朋友见面，某有怒容。猛人问原因，道是账户被盗用。问损失，回答说十几元；问何以如此愤怒，怒答："密码记在你嫂子的内裤上！"猛人一怔，缓缓宽慰道："多大点事儿，无需多心，肯定是嫂子说了梦话，男人胸怀要宽大些……"

又数日，朋友复相见。猛人叹息不一，某关心问："你的密码也被盗了？"猛人答："不是！"强究原因，猛人乃道："情人节送媳妇红内裤一条，几日后，上面又添加了四个字'出入平安'，是以心堵。"朋友闻言击掌道："多大点事儿，无需多心，也许说的是车，男人胸怀要宽大些……"

精　准

节日饮食无度，火气旺于肝，郁于肠胃，导致便秘，猛人痛苦异常。无奈去药店。诉缘由。药师笑道："区区小事，早来此处，何至于此。"

回头找泻药，递与猛人，且道："服药立马就好。"

"疗效快吗？"猛人问。

药师右手拍左胸，答："请相信，童叟无欺，一剂见效，特快！"

再以左手指引，道："对面是公厕，现在服药，跑百步至男厕，即是见证奇迹的时刻！"

片刻功夫，猛人又回到药店，药师惊奇问："还需再来一剂？"

猛人愁眉苦脸答："不，我只想告诉你，你说的不精准，事实证明，离公厕的距离，你少估算了两步……"

淳　朴

旅行是离开自己不喜欢的地方，去看别人不喜欢的地方。需要的是喜悦心和好奇心或充满喜悦的好奇心。以此，当导游推介60元原生态体验时，猛人第一个响应，并鼓动游客一众，说："此地民风淳朴，少有计较，熟牛肉都四五十元一斤，吃斤肉，喝壶酒，六十元不啻！"众人遵从。

十几人至目的地，两位姑娘接待，火火的歌谣，呼啦啦的经幡，还有浓郁民族风情的饰品和礼仪，猛人大呼过瘾。

又片刻功夫，演习礼仪，捧酒酬客，酒殊烈，众人浅尝辄止，客套婉拒。姑娘们闻弦声而知雅意，旋即捧上肉食四大盘。猛人唯恐不足，率先动手，取三指宽、巴掌长肉条一片，置口中，反复撕咬，不得分离。不甘放弃，又改用臼齿咀嚼，几分钟过去，忽记起镶牙蛮贵，自嘴中扯出，几乎分毫不变。再看众人，皆呲牙咧嘴，徒唤奈何。

猛人怒，喊姑娘近前，直斥："此番待客，与宰客何意，适才所上之物，不像牛肉，倒似牛皮，无法下咽不说，且有齿坠腮痛之忧。"姑娘解释说："本地风俗，历来如此。"猛人再斥责说："不可能，如能咬动这盘牛肉，我喊亲爹！"

姑娘转身下，猛人意其反馈主人，急与游客查找相关证据与法规,以备应对。数分钟后,姑娘回,手中牵一犬,周身墨染,体大如牛犊,直视猛人,道:"你亲爹来了……"

智者之虑

　　团队建设大热,执行力成关键词。执行力又要体现细节,广泛征求意见。猛人提出建议:"创新创造不易,可从卫生入手。并佐以名言'一屋不扫、何以扫天下',例证不虚。"行政部迅速执行,发现一处污垢即扣除全体奖金,连续三周检查,果然窗明几净。

　　一日,又至猛人所在科室,检查人员摸门框没灰,摸桌椅、玻璃,皆洁净。先夸卫生水平,又连续给猛人戴高帽。乍得夸奖,猛人得意非凡,脑袋一热,再建议戴白手套检查吊灯。检查人员犯难,猛人扶他踩凳登桌,勉力为之,摸了一下,迅速下地,以手掌示众人,确实没有灰尘。猛人甚满意,双目直视,冀有肯定之语。检查人员环视无语,忽指桌面质问:"智者千虑或有一失,本来可得满分,只是桌上脚印这么明显为何不擦? 真真可惜了。"

猛人归来

——《若然者·猛人》跋

◎王 磊

寒往暑来，春种秋收，日月盈昃，斗转星移，这些词，一个一个冒出来的时候，我想要表达的一个中心就是"逝者如斯"。时间是最好的读者，对于人生是，对于文学是，对于梦想是，对于末来是，不可抗拒，不可躲避。

基于以上的认识，我还是发现了例外，比如眼下的这"一匹"猛人，是过隙的白驹了，英姿健硕，一日千里。刹那便是永恒，转身即达天涯。我说这"一匹"，不知道是否猛人还有狼性的一面，克制坚韧，能团结和自己一样的同生共命，共建命运共生体系，估计也是一样的"若然""若亦然"了。若然者，其通于四时，旷达肃静，与天地接，与仙俗同，别有一番时趣，并可承后来者哂而思之，思之而后有得，亦为后来者之幸了。

四年磨一剑，猛人在成长，在长大，在进步，在生活的道路上勇敢地踏上同一条河流，不计后果地深入生活之水，含气而入，潜水而出。在思想的探索中继续砥砺前行，不计其余，义无反顾。

继《生活禅之猛人》之后，《若然者之猛人》再一次披甲来归，那些庸常的生活，是不是感受了一股杀气。从感性的禅悟到理性的布道，再到浪漫的遐思，这中间隔了四年的距离，一把剑在成长，霜刃锃亮却有温度，能劈开生活的混沌，把人性的横截面展现出来，把人性的善恶美丑剖析开来，你我是不是俱在剑下曝光，其中有没有人性中的"大"和"小"，有没有躲藏在华美的锦袍之下，或是油亮的大褂之中呢？

千帆历尽，归来仍是少年。这是我对猛人的期许。他不是在老去，甚至在返老还童，作为一个有着深刻大众脸谱的勇猛之士，在磨砺自己的性情和见识，通览全篇，却发现愈加个性突出，更加雅士风流，更加从善如流，更加白雪巴人。

依然是嬉笑怒骂，依然是快意恩仇，依然是雪月风花，依然是求索不止。我喜欢这样的猛人，有迷惑，却不迷茫；有慌乱，却不彷徨；有选择，却不盲从；有驻足，却不停滞。他既像是天真的孩子，也像是成熟的哲人；既有天性的释放，也有知性的行止。他不抗拒生活的改变，永远喜欢站向大多数的一群，偶尔的叛逆，更多的是随和的笑声，哪怕是自嘲。

我愿意是这样的猛人，乐观向上，充满了正能量，哪怕小有儿女的情长，小有世故的俗气，俱是因为站在生活的大地上，脚在生活的土壤中扎了根，把手臂张开作了展示态度的枝干，春夏秋冬，喜怒哀乐，四季的变化，更是情绪的更迭，果然可存之千年、通于千年，必有不朽之处，让后来者检阅。

我当然是这样的猛人，即使生活让我疼痛，也笑着说苦难是一笔财富，没有谁会一生平坦，没有谁会一帆风顺，坦然面对，快乐接受，有效挣扎，直到在岁月的石块间用膀子挤出一方天地，畅快地喘一口粗气，然后踩着泥泞上路，把背影留给那些嘲讽和讥诮，用坚实的脚步追赶诗和远方。

以此小文，致敬《猛人》。猛则该当"气吞万里如虎"，人自有侠骨柔肠，更何况猛人在人间，地气天接，春华生发，既有"若然者"之妙趣，又得生活之摹本也，不急不躁，且行且珍惜，竹杖芒鞋，亦有马力，何惧烟雨。

面对这"若然者"，似乎是只当"若然"即可，不必废话，及时住嘴，迈开双腿，做"猛人"从脚下开始，哪怕是一小步，亦为万里之始也。最后，祝愿猛人加强学习，继续成长，引领前行，成为系列，自具万象之姿，教化人生，功德无量。

2019 年 5 月 27 日